お月様より

BBQ だけどね…

台湾

Jaejae

接接在日本3

接接Jaejae　圖・文

Jae Jae in JP 3
目錄CONTENT

前言

最近，猛然想起你。

吃飯時，想著你
我食不知味…
吃不下…

回家路上 想著你．
我只能惆悵無語…
心揪結著

自此，在我心頭盤據不去……

很後悔當初不該忽視你，將朋友看得比你重要。

去逛街？唱歌？ 好哇好哇 走走走～
包包拿了 就往外跑
我出去一下～

如此牽掛著你，卻沒有勇氣面對你。

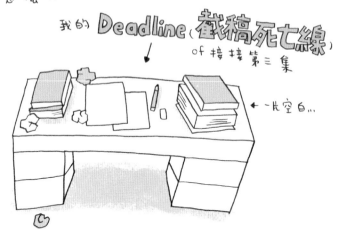

我該怎麼做 告訴我

我的 Deadline (截稿死亡線)
of 接接第三集

←一片空白...

以上翻成白話為：

三小鬼!? 快六月底了嗎!??

!!

←能 熊 想 起 來

哇 勒 勤 都 還 沒 動...

我死了我死了
慘了慘了挫賽了啦

←快樂的看到一半的漫畫

嗯!

……是滴，您手上這本《接接在日本3》差一點點就因為在下的滾
來滾去偷懶而開天窗。真是對不起編輯同仁們，好加在，在火燒屁
股前終於順利完成。

現在，請各位盡情享用《接接在日本3》！

(趕完稿，終於可以來去睡大頭覺了@@)

淡定大王

話說，大王與在下的性格可說是南轅北轍，截然不同。

在下是一根腸子通到底，喜怒哀樂全寫在臉上。歡喜，就哈哈大笑得像個瘋婆子；悲傷時，則哭得死去活來，誇張到一個不行。

而咱們親愛的大王，跟在下的情緒不安定症候群完全相反。不論是中百萬大獎般、街頭巷尾放鞭炮的大喜事……還是車子被拖吊、走路踩到狗屎、作弊被抓到之類火大到最高點之事，咱們大王一律是以「淡定無表情」來反應。完全不知道這傢伙心裡到底是高興得跳著舞，還是火大到想揍人出氣。

像平常在家看電視節目，兩個人的反應就非常的天壤之別……

開心、笑翻~

呀哈哈哈哈 ~~~

像瘋婆般的笑倒在地上

……

← 面無表情

咍!

↑
一個是誇張到可以去演好萊塢

↑
一個是冷面無反應

9

一會兒大笑，一會兒又變成大哭……

又或者，難得有人請客，一起去吃大餐……（是的，要大王花大錢
去吃大餐，簡直要了他的老命～）

有一次，被請去吃日本的高級燒肉店「叙々苑」（光一盤燒肉就要
價800台幣的夢幻燒肉店）。照理說，我倆貧賤小夫妻被請去吃免
錢的，當然是吃在口裡，爽在心裡，尤其是吃到那入口即化、味蕾
都一朵朵開出喜悅之花的極品美味，是人都會打從心裡露出滿意的
微笑……

回家路上，忍不住問他：「不好吃嗎？」

只見大王白了我一眼說：「你是傻了嗎？當然好吃啊！」（特別是免錢的～）

（因此，我更確定大王不是沒感覺，只是喜怒哀樂一律是「淡定著無表情」來滴～）

這樣的大王，若是成天在公海的賭桌上，靠他的無表情絕技，必然可以成為最佳賭神接班人，從此平步青雲，一帆風順，巧克力一片接一片……

但是，咱們是生活在柴米油鹽的真實生活裡，需要跟人打交道，這個無表情的習慣倒是帶來不少麻煩。說到這兒，那不堪回首的往事，一幕幕又回到眼前……

往事一幕幕之一

難得回台灣，帶大王跟姑咪第一次見面的飯局上，談著我倆的婚事（算非正式的提親飯局）。當女婿的理應要鞠躬盡瘁、噓寒問暖，就因為大王始終無表情，搞得姑咪差點沒翻桌走人，忍到餐會後打電話給我大哭一場，從此反對我倆的婚事到底。

跟家人吃頓飯
他卻一直擺臭臉!?（還抖腳）
這年輕人我不喜歡!!

我慌了…

呃…不是啦
他不是臭臉…

吥!

不聽我解釋就掛斷…

（關於此篇詳細情節，請參考《接接在日本1》）

11

往事一幕幕之二

難得回台灣，帶大王跟我家阿母吃飯，阿母忙了一整天，準備了一
大桌豐盛的菜餚，熱情的問大王好不好吃，只見大王：

往事一幕幕之三

難得回台灣，帶大王跟我最要好的姊妹淘們喝下午茶：

只見大王沉默了老半天，拿開他一直把玩著的iPhone，徐徐的說：

因為經歷過以上不堪回首的往事，在下終於學到了「能不帶大王出門，就盡量不帶；能減少讓大王跟人群接觸的機會，就盡量減少」。省得放他出去亂咬人，在下老是得在後面一把眼淚一把鼻涕的收拾那很難收拾的爛攤子……（遠 目含淚～）

同時也終於領悟到，大王不僅是不會把情緒掛在臉上的無表情之人，而且其段數之高、造詣之深，若武當山真有「無表情」一派，那大王肯定穩穩坐上無表情派掌門人之位，絕無爭議！

有一天，跟大王一起去採購一些民生用品。難得閒閒沒事一起出門，在下很是興奮。

逛到一半，大王淡淡的說：

過了一會兒……

就這樣又過了半個小時，敗家主婦終於心滿意足的採買夠了本月家用品，跟大王說可以去結帳了。只見大王推著推車，以極其不自然的姿勢走在前方。

你幹麼這樣走路啊？

就跟妳說我想上廁所…

(講話很虛)

一如往常的無表情，但臉色蒼白

？

原來是大王一個多小時前就已經腹部絞痛、急著衝廁所了。但因為面無表情，所以無法成功表達他巴肚痛痛拉警報的緊急程度（一般人通常是臉部扭曲、眉頭深鎖，外加突然齜牙咧嘴，又突然緊咬下唇，這不才是常見之巴肚痛痛表達方式嗎？），以至於無神經主婦無法察覺，繼續快樂的商場瞎拼，而他只好拚命忍耐了一個多小時。

…所以說，你現在跟本就已經是焚風到門口的快要不行了？

嗯！

有一點內疚

點頭！

委屈

P.S.之後當然是火速陪大王直奔解放樂園，而且從此更留意咱們無表情大王的任何需求，以免悲劇再度發生……（噗哈哈哈>< ～ 在廁所外笑到流目油……）

仔細觀察，才發現大王的拳頭一直是握緊的…（噗

16

敏感的「毛」問題

上次表妹到我們日本家玩後（詳情請見《接接在日本1》〈水玉點點內搭褲〉），在下一邊收拾，一邊得意洋洋的問大王：

我表妹很漂亮吧呵呵♡
←從小就是美人

‥‥‥‥

‥‥但 一看就知道是台灣人了

這句話究竟是褒，是貶？是否嚴重涉及種族歧視的國際問題？差點就要在咱家引起一場浴火大戰。後來經過一番追問與重新整理，原來大王的意思是，「表妹雖然漂亮，但日本人一看就知道不是本國人」，其關鍵點就在——「毛」這個問題上。

電視上華人圈的美麗女明星

明眸 → 媚眼

← 五官立體

美人生鬢

馬上傻呵呵癡癡笑的男同學，請先冷靜，是指臉上的毛。

電視上華人圈的美麗女明星

在日本人眼裡看來是這樣：

とても綺麗な女優さん…
（好美的女明星。啊…）

だが！？
（但是！？）

ロヒゲが！（有鬍子！）
ロヒゲが！？（有鬍子！？）
ロヒゲが〰️??
（鬍子〰️??）

しかも腕毛も処理してない！
（而且手臂也沒有除毛…）

由於國情不同，大中華自古流傳的「美人生鬚」的審美觀，在日本國則被視為與牙齒卡到菜渣同樣的羞恥與不雅觀。想體會日本人的驚嚇指數有多高，就請想像咱們看到走紅毯的美艷女星張着一口菜渣牙供媒體拍照，還舉國公認為完美女性，路上也一堆菜渣牙美女滿街跑，全國上下居然沒人看不下去，衝上前遞牙線、牙籤套組般的不可思議。

明明美女不少
卻視菜渣而不見

菜渣牙女星與菜渣牙美女滿街之國度

簡單理解日本人的驚嚇度後，也較容易體會日本國對於菜渣，喔
不，是對於發達的臉毛、胎毛、體毛之抗拒心理。同理可證，在下
與我的台灣朋友們在身為日本人的大王眼裡，看起來大概是這樣：

菜渣牙表妹
手臂也沾滿菜渣

沒菜渣的
米塔小姐

偶爾會爆出菜渣牙
的黃臉老婆

呿 幹嘛 一直 盯著人家♡

死相

（表妹是毛髮濃
厚型美女）

（天生沒體毛問題）

（毛髮不深，所以有時
看的清楚 有時
看不出來而已…）

終於才後知後覺的
理解了，日本國竟
然與我們有如此天
差地別的審美觀
後，飛也似的衝去
藥妝店採買牙線、
修容剃刀、除體毛
膏等等全套裝備。

仔細一看，才知道
日本的菜渣，不，
是除毛對策用品，
其琳琅滿目、眼花
撩亂的程度，實在
令在下甘拜下風，
伏首稱臣。

專業級全身除毛機

電動除毛機

脫毛乳液

エステ級
脫毛

自宅で
全身脫毛

ムダ毛ゼロ

脫毛クリーム

ボディケア

体毛洗包膏

除毛摩擦墊

ムダ毛
パッド

除毛劑

ヒート カッター
熱で焼き切る

脫色クリーム

要看清是臉用或身體用
沐浴時用或不能碰到水

←在藥妝店蹲超久
研究到底是要
除哪裏用的…

熱能剃刀

這是…山小？怎用？除哪裏的呀？

種類繁多又複雜，分臉用、身體用、拔的、刮的、染的、
擦的……，且各部位分別有其專屬產品。

經過一番埋首研究（念書有一半用心就好了），整理出日本國對菜渣部門（必須除毛的部位）的處理準則為：

月僉 部 · 巠頁 部

嘴巴周圍（特別是鬍子）下巴的細毛

眉間 · 臉頰 後頸部的寒毛

※需用臉部專用除毛刀或除毛劑，並注意除毛後的保濕

臉部

除了鬍子，必須特別加強的重點是：

身體部分

・腋下——

腋下的基準為處理到光滑平整，看得到毛根孔或雞皮疙瘩狀都不及格。

此部位為必修選項，腋下未處理，簡直讓日本人驚聲尖叫。

絕對必修選項

・腿毛——

當然也是基本中的基本，最好除到光溜溜，甚至啵亮的程度。

身體 部 位

腋下 手臂

後背 腿部

絕對必修選項 ！

嘴巴周圍的鬍子

腋下（基準為光滑柔嫩 看的到毛跟或毛孔 都算不合格…）

最近似乎連「V」字區域（Vゾーン，又稱比基尼線，就是指穿比基尼時露出來會很羞恥的毛）也列入管轄範圍，出了一堆新產品。患有「不敗家我會死」症頭的敗家歐巴桑，當然也不能buy輸人，馬上入手一支「V」字區域除毛刀回家試用。

夫人賠了，兵也折光光了，錢包更是扁扁扁！花了時間、金錢和精力，想說這樣總不會再傻傻卡滿菜渣而不自覺了吧！

那時剛和大王辦好結婚手續（所謂手續，不過就是在那簡樸的新宿區公所簽名、壓下紅手印，就簡單給賣掉了，去店面買支手機都還比較費事，至少卡還得拿出來刷一下……），因為在區公所沒看到刷卡，怎能安心的和這二百五度過下半輩子呢？您說是吧？於是好說歹勸，半威脅的跟大王說，一切從簡沒關係，結婚戒指總得買一下吧！所以……

趁著一次外出覓食，遊說大王去了那個夢幻藍綠盒子的不知在貴三小名店去物色婚戒（新宿店）。

就在那連空氣好像都比別人高貴的夢幻空間試戴婚戒時……

幫忙試戴的高貴店員 瞬間閃過一絲異樣眼神
連粗神經在下都有察覺到…
¥500,000
正在接受「這什麼鬼価錢!?」
之震撼教育的大王…

一瞬間，滿臉微笑的店員眼神閃過了一絲疑惑，連神經粗到和電線
桿一樣的在下，都察覺到那一絲異狀。

後來，試完婚戒回家（沒買，摳……謹慎如大王，說要多看看幾家
再決定比較好……嘖嘖），仔細回想當時的場景，突然想到──

我就這樣伸出手啊…那時大王也沒說什麼
奇怪的話呀…
嗯～
一堆圖都還沒畫
放著正事不做…
難道…
不會吧～

是哩，就是那「手指頭毛兒」也神不知鬼不覺的列入菜渣部門中！
所以，那天高貴的御用店員才會像見鬼般的震驚，連神經大條的在
下都察覺到了。

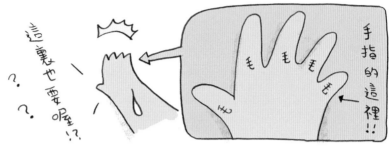

實在是很難相信，連手指上的小毛兒都得除，那……那……到底界
限在哪？您好歹附本說明書吧～
（以為牙都刷乾淨了，沒想到還是出去嚇到人家，實在是……惱羞
成怒～）
於是想說直接跟公司的女同事們問清楚、講明白，咱們好辦事。

怪的是，一問之下，大家好像都不想多談的散開了。

滿腹疑惑的回家跟大王說了情況，結果被教訓了一頓⋯⋯

你是柴還是沒神經啊！？
怎麼可以在職場問人家這麼隱私的問題啊！！

呦！～

咦

喔喲～

常識だよ！アホ！

WHY?

?這歸類在隱私的嗎？？
還有在職場有分
可談跟不可談的啊？？

誰知道啊～
有沒有說明書啊～

在日本越久，越發覺日本的深奧，不容小看哪！

原來真的是在下粗神經，在職場問了太私人的問題，難怪沒有人要回答我（據說除非是很深交的朋友，或恰好遇到少數不在意的日本人就沒關係）。依照大王的建議，將這難題打電話去廣島問大王的妹妹（雖然沒有很熟，但至少是家人）。

大王の妹 "やよい"（唸成 亞優依）

啊～我都是
洗澡的時候
會一起處理喔

我的朋友們
好像也都有每天
除毛的習慣喔～

← 很放的開詳細說明
的 やよい
（特別感謝！）

原來如此！
已經是習慣，所以
不覺得是特別除毛。

（也對啦，卡到菜渣，當然直覺的剔掉，不會
特地到公司問大家有沒有剔牙嘛～）

根據亞優依的情報，也列入菜渣部門（最好也除毛的部位）者如下：

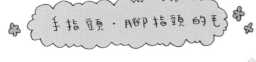

手指頭・腳指頭 的毛

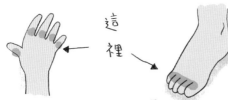

這裡

總之，就是全身都算，最好
全身都是無毛的光滑狀態為
最佳。

嗯～隱私部位？好像是整齊
就好，不用剃光光。

（羞著臉問，害亞優依也得
羞著回答～）

胸毛・肚臍周圍的細毛

洗澡時順便
做脫毛處理

※脫毛後也
不忘保濕乳液

如此看來，日本女生要能美美的、乾淨的出得了門去走紅毯，是要
每天細心保養維護的。（難怪藥妝店超級發達，哩哩摳摳的小工具
實在太多了！）

日本美人

從頭到腳細心處理，保養呵護，才能從內而外的做個極
致完美的日式美人。

比較起來，日本的男生是不是就輕鬆多了，不用這樣全身除毛囉？
恰恰相反，日本男生對於「毛」也是很細心敏感滴，但相反的是，
女生對於身上的毛毛們是處心積慮的處理到光滑發亮，而男生則是
光聽到「光滑發亮」就會緊張兮兮湊到鏡前，各角度仔細察看一番
——是的，就是「頭毛」這件事。

不知是不是因為日本沒有「十個禿子九個富」這種正面說法，在日
本頭毛禿禿這件事好似相當的負面，人人談禿色變。
日本男生對於「禿頭」這件事的神經質程度，可一點都不遜於女生
對於徹底除毛的要求標準。

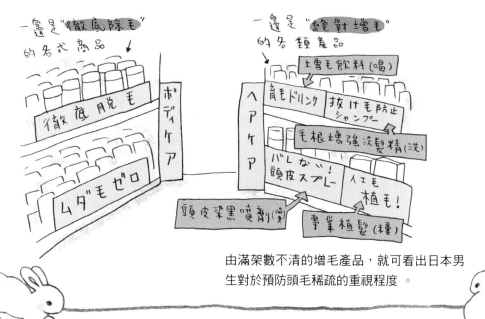

由滿架數不清的增毛產品，就可看出日本男
生對於預防頭毛稀疏的重視程度。

對於頭毛的敏感度，不要說一般注重外表清潔的標準日本男兒，就連咱家不食人間煙火、將流行時尚或他人評價一律視為糞土的宅界仙人——大王都不能倖免。

剛到日本沒多久，第一次被大王要求幫他剪頭髮

幫我剪後面就好
後面我自己剪不到

(勤儉如大王，從貧苦留學時代就
養成自己剪髮的習慣)

我？
我嗎？

←背五十音中

文具剪刀

快活台灣生活中，一向都是交給設計師處理…)
頂多兒自己剪過瀏海，還失敗居多…)

大王的頭毛根本就比我的滿頭枯草還要健康得多，一聽到頂上話題，卻出乎意料的緊張兮兮。

哇你的頭髮很…

很怎樣!?

很細很柔軟耶~
本想誇讚，被大聲嚇未一跳

很細嗎？
所，所以看起來
會很少嗎？
髮根稀疏嗎？

很少一次說這麼多話的→
大王

←抖著手剪

大約半小時後⋯⋯

剪好了⋯

真的嗎？說實話沒關係喔
我頭髮不會太少嗎？

還在問 →

跟那個比起來
有更挫賽的問題⋯

不⋯不會啦！

沒事了的話，我要唸書了⋯（心虛）

被剪的像狗啃的
後腦還禿了乙大塊頭皮⋯

幸虧大王沒有拿雙鏡照後腦的習慣，而那之後，大王也一直沒有發現被剪成禿頭皮。一直到個把月後，頭髮又長了，還是拿著剪刀上門來要我幫他剪頭髮。（驚～）

小心！地雷就在你身邊

與大王的日常生活，雖說總是一成不變，能夠足不出戶就不出戶，宅到最高點，看似平淡無奇，無趣到了極點，但其實處處充滿刺激、驚喜（抑或驚嚇）連連……

例如，閒閒無事，在下只是走到沙發去坐著，就可能會這樣：

我坐…

叭哩！

大王隨手放在抱枕下的
←心愛的電玩手把…

啥？

抑或只是半夜睡眼惺忪的要翻個身時：

我 翻…

大王玩到一半就昏睡去，
還開著的
NDS主機…

叭！

就像這樣，每天或坐或臥時，都會被大王這種率性的習慣嚇得心驚膽跳。
以上這類無心之過也就算了，保持少年般純真的行為也還滿難得的，可以
諒解，但有時是下面這種版本，就令淑女不大能接受……
和平之日，晚上好好的在看電視時：

就因為大王是如此的自然又純真，所以在下有朋友突然來訪時，通常是
這樣令人膽戰的畫面：

好，不愛穿上衣服這件事，就當作大王實在是豪氣萬千的男子漢，
不去拘泥小細節，走自然風好了，但接下來的行為也時常令在下魂
飛魄散、驚悚連連啊⋯⋯

極其日常的一景，在下快樂的鑑賞完影集DVD：

快樂完之後，要來收拾一下桌上的零食殘渣時：

回頭追問大王，原來是這樣的：

勤儉如大王，就連一張薄薄的衛生紙，都要擤到每個角落都變成濕黏透明狀，才肯罷手（嗚～@@），然後就造成不知情的在下只是在收拾桌子而已，就踩到地雷自爆！（滿手的濕黏感……哇呀呀～）

好，這地雷衛生紙事件，就算也解釋成是大王響應環保愛地球，養成那一紙一木都不浪費的好習慣、好榜樣，那……那……這件事又怎麼說呢？
有次跟大王發生口角，爭吵輪到誰去倒垃圾（是的，在下與大王的口角，不意外的，通常是這種雞毛蒜皮、幼稚如三歲兒的無聊事件，請客官見諒），吵著吵著，大王就閉嘴回他的電腦專用寶座，使出他擅長的必殺絕技──「我～冷～冷的不理你，怎樣？你咬我啊～」的冷戰模式。

在下既然是大家熟知的八婆，就是愛管閒事、熱情奔放，外加煩死人的個性，對「冷冷的戰」這一招實在是特別沒轍，因此大王每次此招一出，在下必高舉白旗含淚投降。

再加上厚臉皮不用錢的肉麻攻勢……

最後，再使出終極大絕招──「無辜裝可憐耍賤眼神」攻勢！只見大王盡釋前嫌的噗哧笑出來，正以為這既守又攻的一連串心機招數有效果了的時候……

摸不著頭緒的走到鏡前一看：

現在將影片倒轉，一幕幕倒退回去看，原來事情是這樣的：

35

順序1:

吵架中,大王一邊抽空在挖鼻孔...

所以那謎樣的白色屑屑是...

在下不過是好好待在家裡發呆而已啊～怎麼處處有地雷,一刻都不
能放鬆來的啊～～

英語苦手

日本人對於「英語苦手」這件事，雖不到遠近馳名，但相信大家也都略有所聞，如同在下的破爛英語程度，看到金髮碧眼外國人會不自覺的緊張流汗，或是不小心連到英語網頁時就慌張的連看都不看就驚恐的按關閉，以及對於那些自小就住國外，自然而然就英語啪啦啪啦流出的海外子女們，總帶著一絲咬手帕酸葡萄的情感……，這些心理障礙，應該與「英語苦手」的日本朋友們有著許多的共同點囉？

英語苦手な日本人

私も 私も！
＝ "木ば英通实"っていうやつ？

我們英語一樣破
我跟你 一国 ♥

擋

實際上，不是的！（被推走～）

在下的破爛英語純粹是歸於「資質駑鈍、飽食終日、無所用心」的不長進一族，而人家日本朋友們的英文苦手是有其正當理由與淵源的，那就是日本的英語教育。

（這是個人才疏學淺之愚見，無任何國際政治立場，請勿急著對號入座～告我也賠不了幾個銀子，頂多至貴府幫傭洗洗碗，但手殘又經常打碎杯盤，所以為了府上名牌瓷器著想，不如大家也就睜隻眼閉隻眼，您說是吧？）

好嘛，不瞎扯，簡略提一下日本的國民教育順序大致如下：
幼稚園開始學習平假名、片假名的寫法、念法等等。

學著寫 あいうえお（阿伊嗚誒喔）
（大概相等於 我們的 ㄅㄆㄇ注音學習）

いちご＝草莓　　　あめ＝糖

小學三、四年級開始學習平假名和片假名的「ローマ字」（平假名和片假名的羅馬拼音），就像是將ㄅㄆㄇ注音套上羅馬拼音（例如ㄅ＝bo）。
日本的羅馬字教學有兩個主要目的：
一來，是讓日本小朋友能自然的習慣羅馬字（英語字）。

己経会了的平假名

平假名的羅馬拼音(自然的融入共字的學習)

大小寫的正確寫法

ぶ BU Bu bu
べ BE Be be
ぼ BO Bo bo

小学三・四年級

かきくけこ＝Ka Ki Ku Ke Ko

等於

ㄎㄚ＝Ka

ㄎㄨ＝Ku

ㄎㄡ＝Ko

這樣，自然就知道羅馬字的念法了。

二來，是所有的日語都能使用英語表記，方便國際化。

ローマ字学習

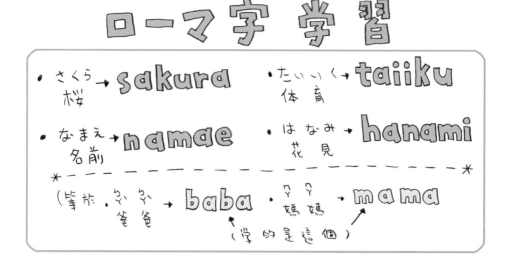

- さくら 桜 → sakura
- なまえ 名前 → namae
- たいいく 体育 → taiiku
- はなみ 花見 → hanami

* — — — — — — — — — — — *

(等於‧ㄅㄚㄅㄚ 爸爸 → baba
- ㄇㄚㄇㄚ 媽媽 → mama
(學的是這個)

ローマ字表（羅馬字表）長這樣：

	あ	い	う	え	お	（拗音）		
あ	a	i	u	e	o			
か	ka	ki	ku	ke	ko	kya	kyu	kyo
さ	sa	si	su	se	so	sya	syu	syo
た	ta	ti	tu	te	to	tya	tyu	tyo
な	na	ni	nu	ne	no	nya	nyu	nyo
は	ha	hi	hu	he	ho	hya	hyu	hyo
ま	ma	mi	mu	me	mo	mya	myu	myo
や	ya	(i)	yu	(e)	yo			
ら	ra	ri	ru	re	ro	rya	ryu	ryo
わ	wa	(i)	(u)	(e)	(o)			
が	ga	gi	gu	ge	go	gya	gyu	gyo
ざ	za	zi	zu	ze	zo	zya	zyu	zyo
だ	da	(zi)	(zu)	de	do	(zya)	(zyu)	(zyo)
ば	ba	bi	bu	be	bo	bya	byu	byo
ぱ	pa	pi	pu	pe	po	pya	pyu	pyo

日本羅馬字教學所附帶的一大優點，是想學日語的人可以從羅馬拼音知道日語的念法，對外國人而言，簡直是恩賜啊！

（學日語的人從這一張表就能簡單的理解五十音的發音，比英語的KK音標簡單多了～）

日本國民教育從開始到此一階段，大致上都沒什麼大問題，小朋友也很容易就將羅馬字自然而然的記住，一直到學英語的課程開始（最近幾年，日本將英語列為小學五年級的必修科目），問題來了……

對日本人而言，學習英語要克服的第一個重點就是那該死的文法，日語文法和英語文法簡直是兩個星球的語言（反而中文文法結構和英語較接近）！

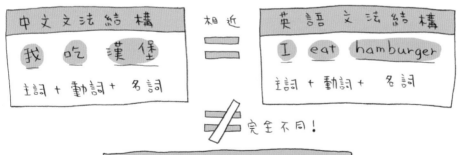

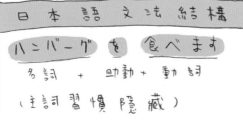

P.S.隱藏主詞為和式獨特的萬物盡在不言中的曖昧美德之一，無論是文法結構與思考方式都和英語大大的不同。

因此，可以想像日本小朋友一開始接觸到英語的迷惑與震撼。
（相等於我們遇到日語文法時的強烈想撞牆度！）

因為文法結構差異太大，教學內容自
然必須偏重於文法的說明與讀寫的練
習。（不然學生難以消化吸收，那就
一整個放著爛～）

英單語
・新字的理解 熟記 正確拼字能力

英文法
・英語 文法 基礎 練習
（肯定形 疑問形、進行形 過去形...
全部都要 仔細 講解與練習）

而我們因為沒有羅馬拼音這一課，所以一開始學ABC的同時也必須
學ABC的念法（音標）。

日本 英語 教育
文法差異太大，所以加強文法

英語
單語
作文

英語
文法
入門

英語
文法
テスト

読み書き中心
・讀與寫為教育重心

台灣 英語 教育
接觸羅馬字母的同時也
必須從發音開始學習
（不然字母都認不得了，
更不用 提什麼文法句型）

Jj ［dʒe］
Kk ［ke］

KK音標
・先把發音學起來再說

一直到現在都還記得，國一開始學ABC時，也同時學發音，老師還在黑板上畫剖面圖，教導舌頭該放哪邊才能正確發音，而且光音標就上了好幾個禮拜。

後來跟日本朋友聊天時提到，才知道日本沒有我們這樣詳細教育音標這一段，朋友還誇台灣的教育很棒（殊不知，身為放牛班代表的在下實在很想鑽地洞，無顏見江東父老啊～），尤其是對在下的英語老師讚賞不已。唉誒母～搜搜哩～買踢切～

編按：I am so sorry, my teacher.

就因為忙著對付文法，再加上之前學過的羅馬拼音的記憶，面對陌生的英語單字，日本就自然的發展出以片假名標記來記住發音的方法（等於用注音標示英語發音的簡單快速但不正確記憶法），單字記是記住了，也會拼寫和閱讀文章，文法規則也背得滾瓜爛熟，最大的問題就出在那套用片假名標記的英語發音。
（日本人大都習慣片假名的發音，反而對原本的正確發音很陌生～）
以片假名標記來記住發音早已發展為全國通用的方法，到日本書店隨便翻英語教育書籍，都可在單字欄下方看到以片假名標記發音。

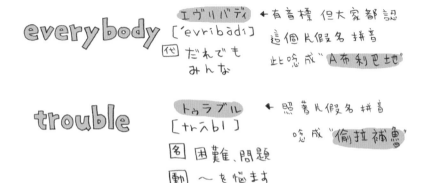

顯然早已滲透全國的片假名標示法（カタカナ読み変換）。

除了因為片假名標示法造成日本朋友發音不正確之外，還有另一個
大問題是：只要是五十音以外的音一概無法發（因為片假名裡沒有
一樣的音，所以用相近音直接取代掉），例如下列幾個音就是日
語裡沒有的發音，以下的單字以カタカナ読み変換（片假名發音變
換）後是這樣念的：

五十音無法対応的發音例：

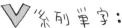

V 系列單字：

- version
  ↓
  バージョン
  （爸～囧）

- voice
  ↓
  ヴォイス
  （波衣斯）

- cover
  ↓
  カヴァー
  （咖爸～）

（五十音裡沒有〔v〕的發音，用〔b〕勉強取代）

Th 系列單字：

- the
  ↓
  ザ
  （雜）

- think
  ↓
  シンク
  （信庫）

- thanks
  ↓
  サンクス
  （尚庫斯）

- mouth
  マウス
  （帽斯）

（五十音也沒有氣音的〔θ〕跟〔ð〕，一律用「斯」勉強取代）

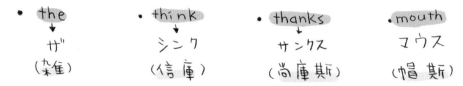

Dr 系列單字：

- drama
  ドラマ
  （抖拉罵）

- drum
  ↓
  ドラム
  （抖拉母）

- dream
  ↓
  ドリーム
  （抖立母）

- dragon
  ↓
  ドラゴン
  （抖拉貢）

（五十音裡更是連〔dʒ〕的影子都沒有，一律用「抖」來替代）

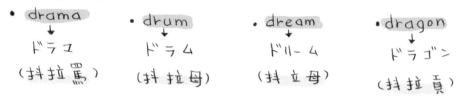

Tr 系列單字：

- trouble → トラブル（偷拉布魯）
- true → トゥルー（兔魯～）
- transform → トランス フォーム（偷浪斯否母）

（五十音也沒有〔trʌ〕這種捲舌音，一律以「偷」或「兔」取代）

L 與 R

- left → レフト（累抹頭）
- night → ライト（賴 頭）
- light → ライト（賴 頭）

（L和R更慘，不但五十音沒有，連勉強代用的片假名還得共用，管你是左派還右派，統統念成「累」和「賴」）

一個人要是胸無點墨，自然廢話就多，請您原諒小的就是有這天分，把極為簡單的說明硬生生搞成又臭又長又不知所云。

（驚覺！所以不去當個狗官，每天不知所云還又臭又長，簡直是浪費了這點才能是嗎？是嗎？）

P.S. 集以上日式英語唸法之大成，知名樂團「美夢成真」（Dreams come true）在日本的發音為「抖立母子‧康姆‧兔嚕」。（變化之大……我真是猜不到你呀……）

整理一下前述的要點，就是日本朋友會變成「英語苦手」，人家是
其來有自，不但有正當理由，還有那不在場證明的。
大王，英語苦手，理由：正當，兼具國家證明。
在下，英語苦手，理由：上課沒在聽，下課還忘光光。

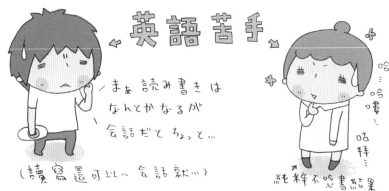

英語苦手

まぁ 読み書きは
なんとかなるが
会話だと ちょっと…

（讀寫還可以… 会話就…）

哈 哈 嘍
咕 拜

純粹不唸書結果

這樣的英語苦手愚夫妻，某一天去參加大王朋友的生日聚會。

大王的朋友 MK さん 日本華僑 留學美國
中、日英語皆精通

蒙特婁的 Bob さん 美国的 Jeffrey さん 西班牙的 Patrick さん

日本人
台灣人

MK さん 的朋友們 外国人佔一半以上…

當天聚會的地點是其中一位朋友的店，在高級地段裡的一間時尚
Lounge Bar，門口一堆潮男潮女排隊等著進熱門店內，我們一群則
是跟著老闆直接進場（帥氣啊！老闆～）。除了去敗家灑錢和滾去
公司賣狗命外，幾乎足不出戶、沒見過什麼世面的在下，跟著宅中
之宅的宅大王，第一次體驗所謂的潮流夜店Lounge Bar……

店內氣氛很時尚奢華，店員一個個又美又有型，對平凡老百姓愚夫婦而言，簡直是來到另一個世界。

（題外話，為什麼又宅、又摳、又不愛說話，更討厭出門的大王，朋友卻向來又多又屌捏？）

正忙著左右張望欣賞著難得一見的滿屋型男型女時，隔壁的老外不知在問我什麼（英語……應該是……），頓時美好的想像（想像人家也型男型女一下，不犯法嘛！），瞬間從奢華走秀台被打回豬八戒原形。

雖然聽不懂那老外沒事是在問什麼鬼（惱羞成怒），但耳朵的的確確是聽到自己的鬼上身英語，而再度確信自己的英語程度實在是窮到破產，又羞又自卑的轉頭觀察大王有沒有要打道回府的意思（英語太破，沒有勇氣再繼續被老外追著英語問答，這是原則問題，士可殺不可辱啊～），沒想到，轉頭看到那一向很宅的大王居然……

輕輕閉著眼睛全神貫注的跟著
　　Lounge的電子音樂 搖擺著打節奏（史上未見大王）

だ末？（哪位己）

腳也打著拍子

大王的Mp3裡永遠只有各款遊戲的樂曲（薩○達與FF為代表），跟潮流時尚秀場裡的浪局曲風搭不上半點關係。

浪局音樂在下會聽，但在家都被大王嫌那是意味不明的音樂。
（我們連音樂都不合，你看看問題是不是很大？）

原來你也喜歡這類音樂嗎？

大王新發現♡

好一會兒，大王才悠悠的睜開半隻眼睛……

…音樂を聞いてるふりをしとけば
隣に声がけられなくなるから…

oH That's great!
#△0!!

#△※
Yes.
x#…
You know
#△※○×
x#△?

噗 味

…納得
（…收到）

（要這樣假裝著專心在享受
音樂，省的被旁邊的老外
搭話啦～）

傑佛瑞與鮑伯
（英語對話全開）

甘拜下風，不愧是我王！

瘋狂兄弟之
轟嘎蛋糕

今年,在下敝人生日又即將到來之際,根據上次寂寞生日蛋糕事件的經驗(詳情請參照《接接在日本1》〈匪夷所思的絕對定律〉),得到的教訓是「既然老公傻乎乎,那麼女人家就事事自己主動點」。於是乎,生日即將到來的前幾週,在下就開始攻於心計,進行對呆若木雞大王明示、暗喻兼洗腦的「指定蛋糕教育」。

今年想請大王買日本3Ⅹ冰淇淋的生日蛋糕,因此每逢3Ⅹ冰淇淋的電視廣告出現,我就……

攻於心計畫1：提醒木頭大王,敝人生日快到了

啊～好好喔～好想吃3Ⅹ冰淇淋的生日蛋糕～巧克力口味的!!

每逢廣告出現就要演一次

誇張演出

手要抖

不變應萬變…

「這哪叫暗示啊,就明講了不是?」不不不,對於很摳兼呆若木雞雙重症狀的大王而言,不誇張成這樣,大王是不會有任何行動的。

至於，一個提案會不會通過很摳部門的審核，要看提案做得夠不夠用心，你得幫他把所需的經費、預算都標示得清清楚楚，最好是將最終完成圖與總預算清楚的呈現在同一頁面，讓很摳部門方便評估，這種東西市面上很常見，還可以免費帶回家，它就叫做「商品DM」。

攻於心計畫2：把想要的蛋糕DM帶回家 放在顯眼之處

玩的很忘我

盯~

到底有沒看到啊~

喬巴躲法

蛋糕DM

（喬巴躲法，by《海賊王》）

大王最終有沒有注意到在下的「明顯暗示」呢？過了幾天，自己也忘了這事，直到當天因為公司趕工，加班到忘記當天就是生日，一如往常被榨乾乾的拖著沉重步伐回到家，吃完飯就直接昏厥過去。

生日當天

加班累翻 吃完飯直接昏倒

ZZ 呼~

大王也一如往常的 專心打他的電玩

就在我昏厥不久後，大王的弟弟也來串門子，兩人神神祕祕的在廚房摸了好久。

兩人在廚房摸好久→

＃×△…

小聲→

▽○×

←因為弟弟的敲門醒來
但還在賴床中

奇怪…是在幹嘛？

隱隱約約聽到開冰箱、拆紙盒跟
大王弟弟嘻嘻呵呵的笑聲→

嘻嘻～

＃△…

吭可！對後！
今天就是生日啦！

←想起來

所以～現在應該是兩人在
準備蛋糕嘍？♡

期待～♡

過了一下下，突然房間的燈被關掉，於是趕快閉起眼睛繼續裝睡，
接著就聽見大王和弟弟一邊合唱生日快樂歌，一邊走進房間來……

想到一個人在國外，身邊還是有大王和弟弟一起幫我慶祝生日……

胸口緊緊、鼻子痠痠，很是感動的慢慢睜開眼：

我念念不忘的 3ㄨ 冰淇淋生日蛋糕，被瘋狂兩兄弟
插了 "滿滿的" 能能火焰蠟蠋…

嘰一

火力十足

味林

呃…兩位大哥…
　在下只不過想吃蛋糕並沒有想把房子都燒了的意思…

瘋狂兩兄弟 "驚喜嗎? 喜歡嗎?" 的眼神

打火机

於是乎，今年雖然如願的得到想要的「圓形」生日蛋糕，但不知怎
麼的，原本一湧而出、熱淚盈眶的感動，就是在那一瞬間凍結了，
取而代之的是長～長的嘆了一口氣……

瘋狂兩兄弟之傑作
「冰火五重天」生日蛋糕!

嘰一

嘆氣之餘，還得趕快吹熄蠟燭，不
然天花板的火災警報器可能就會無
預警響起……

漢字大不同

記得在學習日本語之初，背著那日本語五十音，背一個忘一個……

（背五十音對我而言，跟背鬼畫符是完全畫上等號的！）

あ ぬ ね 長很像 我常寫錯

↑
這三個 卷卷 終於 背起來後
還 有 這些 等著背…

ア ヌ ネ

（上面 那三個 卷卷 各自的 鬼畫符"片假名"…）

不過是背個初階五十音，為何要嘟嘟嚷嚷的滿腹怨念呢？容許在下
跟大家簡單解釋一下：
在下原本以為背完五十個鬼畫符就可以結束，牙一咬很快就過去
了，開始上課之後才知道，人稱「五十音」，那充其量只是個幌
子，它並不是只有五十個鬼符號而已，其構成有：

五十音： ←這只是 "名稱" 人家 從沒 說 他是 "數字"…

基本音 46個＋濁音 18個＋半濁音 5個＋抝音 24個 ＝93個

93個 × 片假名 平假名 ＝總數 186 個符號…

（英文字母 → 26個×大寫 小寫 ＝52 個字母

咱們 的 ㄅㄆㄇ注音 ＝37 個符號）

背 五 十 音 苦 戰 中

難～

明明說五十音的 跟本不只 50個 啊～
怎這樣～ 簡直是 詐欺 嘛～

← 背不完
對著課本生氣

後知後覺

…アホだなぁ
…真的是 阿呆耶

快兩百個鬼畫符,兩週要背完!(接下來還有更魔頭的文法課,靜悄悄在等著呢!)

被五十音搞得心浮氣躁,想說放鬆一下,來看一下電視。雖然當時日語都還不會,但看電視、買東西等日常生活都還可以靠日語裡的漢字瞎猜,倒也沒有什麼大問題,這就是會中文的華人在日本生活比別的國家更好混的一大優勢。聽不懂日語,看不懂鬼畫符平假名,沒關係,我們靠漢字都能猜出個八九不離十。

不会 日本語 没関係
　　　吃飯、貝冓物、搭電車 靠漢字幾乎都没問題

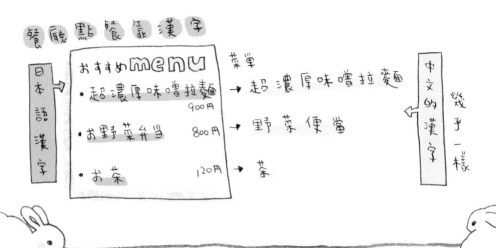

餐廳點餐靠漢字

日本語漢字

おすすめmenu　菜單
・超濃厚味噌拉麺
　　　　　　900円 → 超濃厚味噌拉麵
・お野菜弁当　800円 → 野菜便當
・お茶　　　120円 → 茶

中文的漢字　幾乎一樣

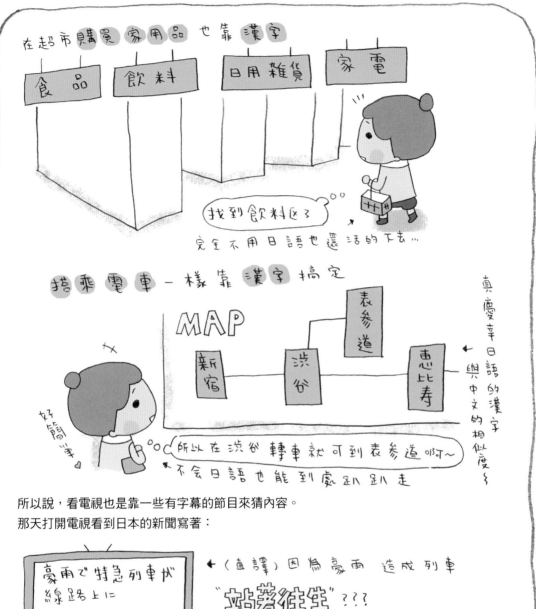

在超市購買家用品也靠漢字

食品　飲料　日用雜貨　家電

找到飲料區了

完全不用日語也還活的下去…

搭乘電車一樣靠漢字搞定

MAP

新宿　渋谷　表参道　恵比寿

好簡單♥

所以在渋谷轉車就可到表参道啊～

←不会日語也能到處趴趴走

真慶幸日語的漢字與中文的相似度～

所以說，看電視也是靠一些有字幕的節目來猜內容。

那天打開電視看到日本的新聞寫著：

豪雨で特急列車が
線路上に
立ち往生した

←（直譯）因為豪雨 造成列車
"站著往生"？？？

!?

!? 列車往生？？？

死…死亡？

那…那乘客呢？

味味

這麼嚴重的新聞，居然只閃過一個畫面就沒了，後來去查了字典
（大王不理我～），才知道這裡的「往生」指的是「進退不得、被
困住」的意思。

立ち往生 ＝ 進退不得，被困住的意思

原來喔。○○

←誤會很大

後來繼續在日本生活了幾年，觀察之下，才知道原來很多漢字自古
流傳過來，不知不覺間意義已經跟原來的中文意思大大不同。
例如這幾個「四字熟語」（日本的成語）漢字當然是看得懂，但不
知其義：

日本四字熟語 （日本的成語）

【 猪突猛進 】 ちょとつもうしん

看字目害猜：
呃... 連豬都突飛猛進？

←純瞎猜

【 完全燃焼 】 かんぜんねんしょう

看字目害猜：
燒的精光... 的意思？

燒到焦→

【一期一会】 いちごいちえ

看字瞎猜：

一期…只能標一次会的意思？
（絕對誤…）

給我卡差不多幾遍！
一期只能標一会啦!

啊 我還想標一会…

以上這幾個四字熟語在日語裡的正確意思為：

猪突猛進 ちょとつもうしん

說明：不考慮周圍的狀況，有如野豬般盲目的橫衝直撞。

猪突猛進 = 橫衝直撞

完全燃燒 かんぜんねんしょう

說明：比喻對事物盡了全心全力。

完全燃燒 = 盡全心全力

一期一会 いちごいちえ

說明：一生難得一次的機會（對每件事、每個人每次的見面都當作
一生難得一次般的認真珍惜）。

一期一会 = 一生僅一度的機会
（世事無常,應珍惜每一時一事的含義）

寫到這裡，剛好經過、看到在下難得認真的抱著厚厚成語字典在翻閱的大王，大概是覺得這實在是太稀奇的景象了，驅使他好奇的走過來瞧個究竟。看到是他喜歡的成語，於是難得正經八百的提供吾皇之聖見：

→ 路過

油斷大敵 ゆだんたいてき

說明：疏忽、大意才是最可怕的敵人，會導致失敗的意思。

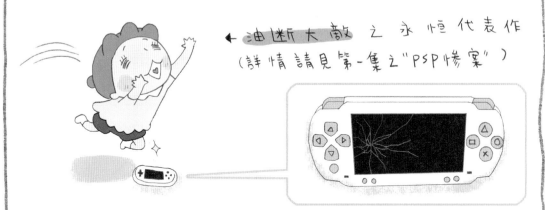

← 油斷大敵 之永恆代表作
（詳情請見第一集之"PSP慘案"）

除了上述幾個有趣的四字熟語，還有幾個是近代用語，在下看到時簡直驚為天人、相見恨晚，其表達的意境和使用的漢字完美百分百的配合程度，令人不禁豎起大拇指連連稱讚！
首先是這個：

苦情殺到 くじょうさっとう

說明：苦情＝抱怨、抗議，此為「抱怨及抗議一湧而上」的意思。

日本漢字之特別推薦

苦情殺到

播報新聞時，經常出現這個用語，例如：因為商品出現問題，客服中心瞬間「苦情殺到」。

"苦"情"電"話

對不起～我們會改進～

真對不起～

←罵聲連連→

"殺""到"

然後是這個幾乎不用說明都能想像那畫面：

不滿噴出 ふまんふんしゅつ

說明：不滿情緒如火山爆發般噴出。

不滿噴出

吼嘎～什麼爛公司～～

不滿到噴出來

油斷大敵、苦情殺到、不滿噴出……，如此簡單又確實的完全表達意思的日本漢字，好用度五顆星！

（重點是不用會日語都能使用，您說是不是該給它拍拍手！）

附帶一提，雖然日語裡大部分的漢字意義都和中文相去不遠，但是
還是有差異非常大的，要謹慎使用，這裡稍微舉例說明。
像「癡情」和中文原意就相去甚遠：

中文：因為愛情失去理智
日語：因為色慾失去理智 ← 意思差很多～

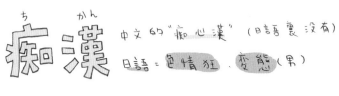

中文的 "癡心漢"（日語裡沒有）
日語：色情狂、變態（男）

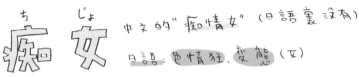

中文的 "癡情女"（日語裡沒有）
日語：色情狂、變態（女）

「癡情」、「癡漢」、「癡女」

這三個詞都和情色有關，容易引起誤解，要避免使用。

還有中文裡很常
使用的「人間美
味」，其實是會嚇
壞人家日本人的，
因為在日語裡
「人間」＝人類，
「美味」＝好吃，
所以「人間美味」
日本人會以為是：
人肉好吃@@！

那家店
人間美味
的好吃呢！
下次帶你去吃♡

很可愛的日本人同事 →

人間 が 美味しい って.
（她 説 人肉 好 吃 耶...）
け... 結構 です。 (不...不用了。)

這傢伙果然 很 怪胎.
吃 雞腳 雞脖子 就算了, 這次還人肉咧...

記得當時年紀小⋯⋯⋯⋯

孩提時期，總是有幾件令人懷念和「我那時到底在想什麼啊？」的特別回憶，而在下的小孩時期，「天真幼稚、皮手皮腳、每天討打」即為代名詞。（怎麼套用在現在好像也通用～）

大概在五、六歲那個年紀，還跟父母住在一起，還有一個小一歲的愛哭弟弟，那個年代也沒什麼玩具，成天就在家裡遊手好閒，用現有的材料發明新遊戲（簡直好比馬蓋先！）。

記得有一陣子愛上玩轉圈圈的遊戲⋯⋯
（如其名，遊戲很簡樸，不過就是一直轉圈一直轉圈，轉到頭昏眼花，模擬大人喝醉酒的情境，莫名的就是覺得好有趣，簡直成癮。）

玩著玩著，看到豬公撲滿，突然靈機一動：

啊！我想到一個更猛的！

小時候的豬公撲滿

轉　　轉

把撲滿放進紅白塑膠袋裏

然後，提著很重的陶瓷撲滿快速自轉……（刺激加倍～）

呀哈哈哈!!!好快喔!!!

重力加速度

離心力

嘎～哈哈哈～

五、六歲就無師自通理解重力與離心力會造成加速度的自然法則，
在下的成長實在是值得期待！但是，理解歸理解，應用在物體上的
無智慧程度又讓人實在傻眼。所以說，天才與白癡為一線之隔。
（那麼您就好心不要逼問在下到底是天才，還是白癡？現實是很殘
酷的！）
我都不知道為何當初會蠢成這副德性來的⋯⋯（抱頭～）

不斷轉圈、不斷轉圈之下⋯⋯

噗咻一聲，撲滿就重力加速度的一直線飛出去！

驚動了原本在廚房準備飯菜的阿母。
聽到很大撞擊聲的阿母，嚇得趕緊衝出來看⋯⋯

當然結果就是被氣炸的阿母狠狠修理了一頓。

另外，還有一個關於孩提時期的記憶⋯⋯

那時長大了一點，大概十歲左右。那是在一個星期日的中午，那天阿母沒空做午餐，拿了兩百塊要我下樓去對面麵攤買大家的午餐（在下與弟弟、表弟、表妹四個小孩的午餐）。在下年紀最大，理所當然的被阿母推出去負責買回家。

過了馬路，到對面的麵攤點好麵，看著老闆熟練的煮著香噴噴、熱呼呼的麵，讓幼小的我看得口水直流。

看得雙眼發直的等到老闆終於煮完，迫不及待飛奔回家享用。

（也只不過就在馬路對面而已～）

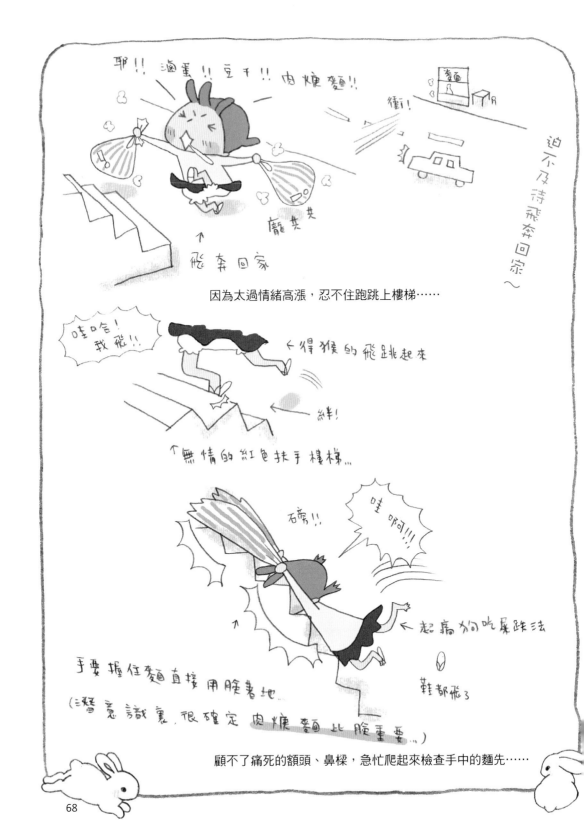

因為太過情緒高漲，忍不住跑跳上樓梯……

顧不了痛死的額頭、鼻樑，急忙爬起來檢查手中的麵先……

看著摔滿地的麵湯，痛心疾首的一路大哭上樓。

（不是因為痛，完全是因為香噴噴的麵沒了而哭的～）

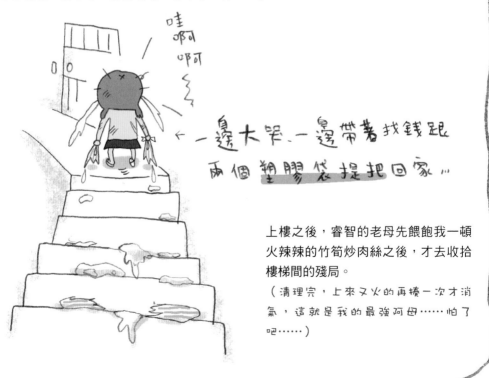

上樓之後，睿智的老母先餵飽我一頓火辣辣的竹筍炒肉絲之後，才去收拾樓梯間的殘局。

（清理完，上來又火的再揍一次才消氣，這就是我的最強阿母……怕了吧……）

傻呼呼二人組

照片情境

阿母說：看鏡頭這邊……

老弟：媽，看我鼻屎超人～（傻）

我：矮油～髒死人了，你很呆耶！（嫌棄表情～）

也不知為什麼，最強阿母偏偏就選了這個時機點按下那快門，留下了這張傻呼呼二人組合照。

（小時候就知道將來注定要走諧星路線？）

傻呼呼二人組的日常生活幾乎每天都是這樣：

搶電視搖控器中

給我啦！

給我啦！

一個要看小甜甜

一個要看無敵鐵金剛

真的，每一天必吵無疑！

一開始，阿母總是溫柔的說：

耶！

乖～妳是老大，要讓弟弟啦～

←當年的阿母口素～

←百般不願

71

又痛又要讓老弟，看看那個笨蛋還給我開心的大笑（實在火大）……

最後，阿母總是會暴怒青筋的隨手抓衣架、藤條或掃把（完全隨機，依當日運氣而定）衝出來，滿屋追殺皮在癢的在下。

被揍得痛哭流涕、大叫不敢之後……，明天繼續上演一樣欠揍戲碼的孩提時期（現在想起來還是很火，下次回去非偷捏老弟一把不可～），精神年齡完全沒成長。

小時候的每一幕總是令人無限回味，現在我又不禁懷念起當時……
會特別懷念的原因是昨晚不小心手燙傷，那是在下人生中第二次的
手燙傷。

第一次是小學四年級，包了兩個禮拜繃帶（不過，還是沒能逃過不
用寫功課，傷好後還得補交，更慘！）。

會記得那麼清楚，是因為那是在下人生中第一次被讓座。

手燙傷的原因是打翻剛倒滿熱水的泡麵。

事隔幾十年，昨晚也是因為打翻剛倒滿熱水的泡麵而燙傷……

（不是在下自誇，打翻的時機點簡直跟小四時一模一樣！）

P.S.手無大礙，擦擦藥，隔天繼續工作賣命去～

解說燙傷原因：倒好泡麵，發現冰箱還有冰啤酒可配，所以很high的在泡麵旁跳來跳去……（冰啤酒配泡麵，簡直是垃圾食物中的垃圾食物！）

結論是幾十年來的成長幾乎為零（ˉ□ˉlll）　啊～我的人生……

最強阿母

趁著工作的空檔回了台灣一趟。

都還沒空坐下來，趕緊打開沉甸甸的行李箱，獻上給阿母的來自日本的伴手禮。

阿母若有似無的瞄了一眼，隨即往旁邊一丟，拉著我說她最近想買的東西。

一問之下，原來阿母最近認識了一群貴婦朋友，去了幾次貴婦家喝那下午茶。

打從那次去貴婦家喝下午茶之後，就對「貴婦下午茶」產生無限憧憬。在某家精品目錄裡，剛好發現這一組貴婦茶具後，就每天念念不忘。

阿母說，只要擁有這組茶具，她就可以享受優雅的下午茶。

（儘管我心中有無限問號……）

阿母見我不答話，緊接著又說，不只她可以享用啊，客人來也好看，這種送禮自用兩相宜的好貨，不買簡直虧到了啦！（扭～）

隔天，迫不及待的阿母隨即去瞎拼了貴婦茶具組帶回家，滿心雀躍的拆包裝盒，準備擺飾。

過了一會兒，阿母心滿意足的擺好貴婦下午茶具，哼著台語歌謠，進廚房煮飯去。而在下也整理好行李，從房間走出來……

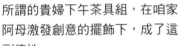所謂的貴婦下午茶具組，在咱家
阿母激發創意的擺飾下，成了這
副德性……

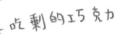吃剩的巧克力

← 酸梅？

←菜...菜脯餅...

最過分的是這個
"真順口肉乾"!!??
整包放上去...

撚～

噗～

阿母～

不能笑！阿母想了半天才擺好的，不能笑，不能笑，不能笑出來！（忍～）

然後再隔天，對著貴婦下午茶組東看西看半天的阿母（肉乾等角色
都還在），若有所思的對著我說：「嗯～你不覺得擺上貴婦茶組
後，相比起來，咱們家的泛黃舊桌巾也該換掉了？」

嗯～安捏 桌巾
馬愛買條 新A.
卡素配後？

跟貴婦下午茶組
沒素配捏～

吼吼？
我沒意見...
真順口肉乾 都在放了...

←泛黃舊桌巾

79

在下隨口答了：「好啊，桌巾想買就去買啊！」然後就下樓去享受
少奶奶洗頭美好時光去。（在台灣才能享受的美好又便宜服務！）

還有八卦到無法無天的免費雜誌。
（雖說誰是誰我都不認識了……人
在國外，太久沒更新就會這樣～）

洗著洗著，突然有人敲窗……（真的是敲窗～）

最後還是敗給了阿母的街頭默劇即興演出，頂著一頭泡泡去看她到底要說什麼。（不然我真不知道她要在街頭比手畫腳玩多久……）

頂著一整頭的泡泡站在路口，聽阿母興奮的轉播著她剛剛在菜市場英勇的殺價戰況，我不由得要說，阿姆遜掉，**最強阿母才厲害！**

母親節快樂

在我十歲那年，父母決定離婚，阿母帶著弟弟，阿爸帶著我，分成兩組原地解散。

原因是荒野一匹狼個性的老爸

離婚之後，荒野一匹狼果然是一匹自由的狼，沒過多久就去漂泊天涯，再也沒消沒息了，而平時就不怎麼往來的親戚們，則為了誰家該負起養育小孩的責任而爭吵不休……

誰該扛起養育責任，親戚們互罵中

阿琪，來跟姑姑住

看不下去的溫柔姑姑，決定一肩扛下養我的責任（當時她也才26歲）

有點陷入自我封閉的一段時期

只愛關在房裏玩芭比

搬到姑姑家後，對我百般照顧的姑姑總是刻意的對我偏心（姑姑自己也有兩個小孩，我的表弟、表妹），對我比對她自己的小孩都要好。那時才不到三十歲的姑姑，要養我和表弟、表妹，每天拚命的工作。每天早上和表妹一起出門上學前，會給我們當天的吃飯錢，老是給我最多。

多年後才知道，當時姑姑自己都沒錢吃飯

美人表妹瑋瑋，從小就很美

阿琪比較大給一百，瑋瑋知就好，要吃飽喔！

喔

小學六年紀（因為到處搬家，已經轉過五次學校）

後來，我國二那年，學同學耍叛逆……

國一到國二，又轉了一次學

隨身帶把瑞士刀（感覺比較壞）

看三小！

周圍都是好學生

沒理由的"我恨一切"

刻意的違反校規，成了青春不悔的叛逆一匹狼。

（慘了，有遺傳到……）

當然結果就不妙了，因為我的青春叛逆，讓不知哪來的閒閒親戚們
逮到機會，開始演傳統八點檔，在姑姑的背後閒言閒語……

↑絕對看太多台語
連續劇的親戚們…
(很愛演)

但是，這些姑姑都沒在意過。
有一次，無意間發現了堅強的姑姑最害怕的事，居然是：

嗚…

瑋瑋已經被帶走，
阿琪也長大懂事了，
我真的很擔心她
哪天說要回媽媽那，，
若連阿琪也被帶走，
我真的一無所有了…

↑泣

我不會離開的啦，姑咪～
(是姑姑，也是媽咪，所以我都叫她"姑咪")

P.S.後來姑姑也離婚了，可愛的表妹瑋瑋和表弟都被姑姑的前夫帶走。

我把這件事一直暗暗放在心裡，我對自己說，絕對不能讓姑姑傷心。

在我國三那年，某天放學回家，客廳裡坐著好久不見的阿母，哭著
講當年有多麼不忍與我分離（當母親的應該都會很痛）……

當下只直覺的想著不要讓姑姑擔多餘的心，於是我狠心的對著阿母說：

當年大人們婚姻破碎後流行不相往來這套劇碼，後來長大才知道，
也可以有快樂開心的結局，所以後來跟阿母、姑姑都快快樂樂、甜
甜蜜蜜的相處。

因此，現在每年在這個屬於媽媽的節日裡，都要跟阿母和姑咪說：

最近因為唱太多卡拉OK聲帶長繭，
　被醫生禁唱中的老媽

老媽！

好啦我馬上過去處理，來貝料著我傳過來！

← 過多了貧窮苦日子，
　現在變成事業女強人的
　姑咪

姑咪！

姑咪♥　老媽♥
祝妳們
母親節快樂!!

一人一束～

一匹狼老爸

在下的老爸,人稱浪跡天涯一匹狼。

那麼,會被稱為一匹狼的原因,不是因為每逢月圓之夜他老人家會跑去陽明山沐浴月光兼變身,也不是老流口水盯著裙角瞧的那種狼,比較貼近的形容為「留不住的天涯漂泊放蕩子,踏上旅途孤傲一匹狼」,也就是完全不適合家庭與婚姻的性格浪子。

流浪為吾友 ✕ 漂泊為我命

再撇小鬍子 那叫做瀟灑

一匹狼老爸

一匹狼老爸的玩心很重,其想像力之豐富與思維之創新,讓幼兒的在下與老弟欽佩不已。

有時老爸是創意料理大師，突發奇想的老爸有次做了聽都沒聽過的
「巧克力飯」。（將巧克力加熱融化，淋在白飯上，再綴上形形色
色各式糖果～）

有時又是最佳床邊故事歷險小說家，想像力豐富、演出生動的老
爸，跟我們說著栩栩如生好比哈利波特歷險記般精彩絕倫的故事。

「迷你的」、「彩色的」、「奇幻生物」、「還會飛」……，
讓每個小孩瘋狂著迷的關鍵字，老爸很在行。

以三、四歲幼兒的觀點來看，一匹狼老爸簡直有如偶像般令人瘋狂崇拜。
但以阿母的角度來看，那又是另外的一回事……

巧克力飯那天

簡直是被巧克力炸掉的廚房

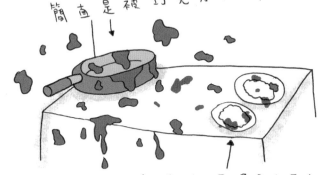

小孩們飯都沒吃，只吸食上面的
　　　　　　　　巧克力跟糖果

不過是請老爸幫忙哄小孩睡覺

呀哈哈哈哈～

哇嘎嘎嘎～

哄到兩個小孩
三更半夜大聲尖叫

(興奮狀態…)

忙著做家事

「那些都是小事，最糟的還是回到現實的經濟問題……」之前訪談中阿母如是說。

（原始版本為台灣國語，但有鑑於客官會看到眼睛瞎掉，容許在下自動矯正成標準國語～）

如此創作力豐富、才華洋溢的一匹狼老爸，要他坐在枯燥的辦公桌前，大概會抑鬱而終。所以，自然的，老爸善用了靈感泉湧的腦袋瓜來創業，其創業內容之五花八門、頭銜職稱之包羅萬象，小時略有所聞。（但太小還不懂，只知道當時討論老爸行業的親戚們每個都像吞了搖頭丸般的搖頭nonstop all night long……）

那到底有哪些創新行業？前兩天越洋致電給最強阿母詢問詳情，想不到一向熱情如火的阿母居然冷冷的說：

後～那麼久的事，熊熊想不起來啦

你晚上再打給我，我再跟你說

掛卜！

老媽：

快被編輯殺了急迫趕稿中

嗯～等等喔，各位有沒有嗅出疑點呢？

第一，不肖女難得的越洋電話，阿母通常是怎樣都要黏著扯很久的，聊著二阿姨的小孩生小孩，那你什時候要生？抑或隔壁阿珠全家去泰國旅遊，她也好想去泰國，但機票好貴呀（做子女的要聽懂其意，自動跟阿母要匯款帳號）……等等。

第二，人類的腦內記憶有所謂的永久記憶區與短暫記憶區（考前臨時抱佛腳熬夜背住的都存在這裡，其短暫的長度剛好讓你考過即忘，人腦真的很奧妙～），而阿母年少回憶中會被記住的，無異就是在永久記憶區塊，那些沒記住的，也就是沒存到，稱作消失的記憶，沒道理給阿母幾個小時，阿母就能神跡般的將往事歷歷在目，完全回憶了起來。

也就是說，阿母的證詞不但態度不自然，且有違生理學，還很矛盾（準備掏出手銬）……馬上再打回去逼供，果然：

如上，重要證人阿母在跟鄰居阿姨玩麻將中，叫我不要吵。（又被掛一次電話～）

一匹狼老爸的荒唐創業史苦無實證，就容在下不詳細描述了。

總之，一匹狼老爸創了很多五花八門的業，那麼很自然的該被騙錢的、該被倒會的、投資失敗等等，樣樣都沒有少。接著演變成債主們每天找上門打招呼問候，也是很合理的事。
那陣子天天為了籌錢還債，阿母每天愁眉苦臉。（還得照料兩隻小的，吵著吃喝拉撒等生活雜事……）

據說，某天阿母正沉重的和友人商量是否該連現在住的唯一房子都賣掉時，老爸的朋友打電話來跟阿母說老爸今天在他家玩牌，不回家吃飯了……

火大的阿母，馬上跳上計程車，殺到玩牌的朋友家。

簡直氣到要中風的阿母，忍無可忍，一把抓起桌上放著的大剪刀，
對準老爸就插了下去！（驚～）

後來的劇情是……

一匹狼被抬上救護車送醫，沒傷到器官，所以無大礙，而咱家也很合邏輯的變賣還債。至於到底是一匹狼老爸的第六感察覺到這樣下去有生命危險，而提出離婚，還是最強老母先拿出離婚證書，逼老爸蓋章下去的，就不得而知，就讓歷史保持它的神祕美好了。

繼小學時一匹狼（負傷？）與最強阿母離婚後，我跟著一匹狼，老弟則是跟阿母離開。

曾經好奇想問阿母是用什麼為基準來分誰跟誰的，又害怕阿母會淡淡的回答：「猜拳啊，不然捏？」於是在下毅然的選擇：我不想知道～（摀耳朵）

跟著老爸單獨生活也沒過多久,有一天,一匹狼對著我說:

一匹狼說完這些話的隔天,就連人帶著行李消失,去過漂泊瀟灑的人生了。
當時沒聽懂老爸到底要說什麼,現在回頭想想,一匹狼的意思應該是:

我真是猜不透你啊,老爸……

就這樣，那是最後一次跟一匹狼老爸的對話，留下氣結的阿嬤（回家發現一匹狼的衣物都不見了，才知事態嚴重……），以及想了好幾年還是沒搞懂「野性美到底是什麼？」的野小孩。孤獨一匹狼終究是會踏上流浪的旅程的，那叫天性，無可怪罪。

浪跡天涯 Don't say Goodbye

by 流浪一匹狼

據說皮箱裏還有阿嬤的金戒指筆

（氣炸阿嬤）

（後來每隔幾年就會有親戚傳來消息，說在南部出現、在杭州出現、在海南島出現過等等，證實一匹狼的確流著流浪的血液，那就不能怪人家嘛，攤手～）

野……野性美

所幸，故事的結尾，在下還是能留在家族裡，因為有勇敢的姑咪出面挺住，不用去演千里尋父記。

（依老爸的變化萬千流浪路線，凡人的我應該怎樣也尋不到～）

啊～倒是人間消失的一匹狼老爸，萬一有看到這一篇文章，勸你千萬不要回來，那個……這次會拿菜刀等著算總帳的人數約為十進位，就算穿黃金甲，我看都不妥，寫這篇的目的是希望跟你說：

雖然很多時刻沒有你在身邊，但請勿掛心，我過得很好，有很多愛我的人，我很幸福，也願你同樣安康。

大王 v.s. 最強阿母

大王，一個土生土長的日本人，因緣際會下，大學選修了中文系，又因緣際會下，千里迢迢漂到中國大連去留學深造中文（所以早期大王的中文是有些許北京腔兒的），之後又因緣際會下，繼續漂流到寶島台灣的遊戲業界工作，然後一整個錯誤的開始，眼睛糊到蛤仔肉的與在下相識，最後還腦袋裝豆腐、神智不清的結了婚，正式在戶口名簿登記上台灣夫婿的身分。

喜歡中文
（英文很爛）

咱家的阿母，別名「最強阿母」（請參照前幾篇），一個土生土長的台南婦女，從來都是台灣鄉土劇開整天，每週一、三、五在里民中心歡唱免費那卡西，二、四、六則在隔壁與阿珠、阿花阿姨聊天打麻將，天天無憂無慮、天天金開心的最強阿母。

哇哈哈嘿～

和在下如出一徹的
歐巴桑氣質…
（DNA的力量不可小看…）

最強阿母

人家說，再醜的媳婦還是得見公婆。咱家大王雖還不到醜，但很宅的宅宅女婿終於有一年要帶回國給阿母看了。

第一次帶大王回阿母家吃飯：

来啦甲菜啦！啊謀甲接後某？
（来啦吃菜啦，不然吃這個好嗎？）

台語與 熱情之火力全開阿母

很嗨的阿母

大概是太開心傻女兒終於嫁出去了

塞

不知是被阿母氣勢震到
還是純粹聽不懂台語的關係
大王整個飯局都很沉默的…

一頓飯局之後，「夾在中間服務中心」果然接獲兩邊民眾的抱怨電話……

先是火力全開阿母說：

阿伊洗安怎？那攏恩公為？
本馬謀蝦甲！

（他是怎樣？
怎都不說話！
飯也不怎吃！）

啊阿他就聽不懂台語咩
所以根本不知道妳在招呼
他吃飯啦～

"夾在中間服務中心"要負責
調解兩邊民怨

好不容易安撫完阿母，並約法三章，以後麻煩阿母對大王盡量控制
不要講台語。
緊接著大王的客訴就來了：

好加在「夾在中間服務中心」老是在處理這類民怨，所以在耐心的
詢問與開導下，客訴大王也願意說出理由。原來在大王眼中那天晚
餐是這樣的：

各自了解兩邊的抱怨與訴求之後，經過多次的溝通與不著痕跡的潛移默化下，老母與大王也各自願意庭外合解，大事化小、小事化無了。（呼～擦一把冷汗～）

過了一年多後，又有假期剛好和大王可以一起回國，這次是大王與阿母的第二次見面：

阿母也照約法三章的內容，盡量使用國語。

這回合的鄉民大會終於比較氣氛圓融，沒有發生暴動流血事件，台灣代表阿母放下筷子，停止強行夾菜塞碗的行為，而日本代表也使出渾身解數，豎起耳朵努力解讀阿母的台灣國語。

乍看之下，雙方鄉民很順利的互動著，但過了一會兒，仔細一聽雙方對話：

好不容易「看懂」阿母問題後，大王用差強人意的國語回答：

以上，如客官所見，大王與阿母的第二次見面雖然牛頭不對馬嘴，說東答西的溝通很有問題，倒也平安無事，誠意有收到的平和收場。結束後也沒再收到雙方的抱怨不斷扣硬客訴電話。（好哩加在啊！）

然後是今年，又終於逮到機會跟大王一起回台灣，這次是大王與
阿母的第三次見面：

平常都會撲上來問東問西的阿母
這次很反常的靜靜坐在沙發上..

一直到吃飽飯，閒聊一下，我們要打道回府了，阿母才終於匆匆站
起來送客。（平時都會拖很久，一直留人的說！）

反常的一副急著送客的阿母

平時是黏呼呼死不放人走的阿母，這次實在是太詭異了。忍不住擔
心的亂想了一晚，從身體不適、心情煩悶、頭痛不舒服，還是與鄰
居吵架、金錢糾紛，又或是被黑道壓榨？種種誇張的情節都幻想了
一輪，整晚沒睡好的一整個糾結，一到早上，丟下大王在飯店，就
趕快回家關心咱家阿母。

問了半天才終於水落石出，阿母說事情是這樣的：

那天我們要回家，開心的準備了一桌菜，結果花太多時間，女兒、女婿都到樓下了，才發現自己一身睡衣都還來不及換掉，很不好意思……

可愛但瘦巴巴很想把他餵飽飽的日本女婿

阿母哩後!

媽 我 好 餓 我 要 吃 好 多!

很愛哭天的女兒

所以一直都沒有 站起來跟我們聊天～

啊啊 可是我一身睡衣，金拍寫… 於是乖乖的坐在沙發上沒有過去…

嗯？不，不對，咱家的最強老母什麼時候臉皮變這麼薄？我……我是說咱家阿母等級很高的，哪會因為穿睡衣這點小事就整晚坐立不安、臉色不對勁？

果然，緊抓住蛛絲馬跡，鍥而不捨，在我將桌燈轉過去大力照的再度逼問之下，阿母終於支支吾吾的低著頭吐出實情……

那天是真的來不及把一身睡衣換掉，但之所以坐立難安的真正原因是：

阿母哩後!

媽 我 好 餓～

啊! 金害～狼攏尬啊… (糟…糟了人都到了…)

原因在這裡， 一身睡衣就算了

屁股破個大洞的睡褲 (有補過.但洞又開了…)

為了擋住破洞小花睡褲，只好整晚乖乖坐在沙發上動都不動，連聊天都不專心。

終於，女婿要閃了，有技巧的只用正面迎向客人，慌忙送客。

家有長男

「你們也趕快生一個小孩來玩玩嘛！」最近喜獲麟兒的表姊這麼說
著。
「嘿啊，結婚久了，還是舞幾疊因那，卡老烈啦！」期盼金孫期盼
到脖子伸很長的阿母，也趕緊附和的說。

你們也趕快生一個
小孩來玩玩 嘛♡
最近喜獲麟兒的
表姊 »

嘿啊啊！舞幾疊 因那,卡老烈啦!
(有個小孩較熱鬧啦!)
盼金孫盼到脖子伸很長
的阿母
↓

奉旨回國探親看小姪子...

A抖……小孩這檔事，不是在下斗膽反骨叛逆、拍桌大聲宣布老娘不生就是不生，你咬我啊（光想到會被神力老母一掌劈成兩半，我就沒那個膽……）！而是三聲無奈、情非得已實在很為難的「咱家已經有長男一枚（約八歲）在了」……

喔，不不，不是八點檔的定番情節：前夫（or前妻）恭喜你獲得免費贈送的拖油瓶特大罐一瓶。（其定番台詞為：「你才不是我媽（or爸），我媽（or爸）早死了！」推開繼母（or父），在大雨中含淚奪門而出，而繼母（or父）則要哭倒在門口，才叫扣人心弦。）

也不是絕對噴淚親情倫理劇：老姊意外身亡，從不知責任二字怎麼寫的恍惚度日老弟，只好照顧起可愛小姪女的生活，卻因小姪女而發現人生的目標，漸漸振作起來，但天不從人願，此時兒童保護局的人竟找上門，要強行帶走小姪女（很愛沉淪催淚歐美劇～）……，不不，也沒有這麼啟發人性真善美。

咱家的「長男」（約八歲）也就是（掌聲歡迎）宅宅界最佳代表——咱家的大王。

好好一個成年人，為何說是長男呢？其理由為以下幾點：

1.長男無法自行覓食

不照料長男的三餐，他就會玩電玩玩到忘記吃飯，或者「懶得」去吃飯，又或者只吃垃圾食物，所以老媽子不管加班多麼累，即便是拖著沉重的腳步，都要記得去幫長男買便當。

1.無法自行覓食

咱家的長男（約八歲）

我回來了...

累～

有電玩就可以不用吃飯

長男的便當

準備吃飯了喔！

2.長男具有辨別與學習障礙

無法分辨垃圾與非垃圾，髒襪子與乾淨襪子永遠會統統放在一起。
還要常常叮嚀喝完的飲料罐請丟垃圾桶，我們沒有要打保齡球，請
不用堆整桌……。諸如此類的簡單事項永遠都學不起來。（替長男
揪一把同情的眼淚～）

2.具有辨別與學習障礙

在長男的整堆衣物中找出骯髒的拿去洗
（骯髒的乾淨的統統放地上）

唉！

喝完的沒喝完的統統排在
一起 把桌面排滿滿

脫下的褲子永遠很神奇的
呈脫皮狀態…

3.長男無法理解地球有四季的變化

長男似乎很難理解衣服需要換季這件事（大熱天穿高領，下雪天穿
露膝蓋牛仔褲），所以老媽子要跟前跟後幫長男找好（或買好）適
合季節厚薄的衣物，才不會出門熱昏或危及性命。

3.無法理解地球有四季的變化

下雪天穿著薄外套

騎車回家

冷到說不出話
（能活著回到家真是奇蹟…）

明天請
穿這件吧…

秋天已經過很久了
老大…

4. 托兒中心的確認

要帶長男上街前，就得先找好托兒中心，辦好事再前往領回，省得沿路長男罵罵號，累翻人。長男的托兒中心包含：中古遊戲交換中心（或模型店也勉強可）、具有遊戲機試玩的電器百貨（可將長男擺在那兒玩遊戲整天），最終極手法就是將長男寄放在長男的朋友家（具有遊戲機的宅宅朋友限定），然後趕快逛想逛的地方，又或繳水費、電費、瓦斯費皆可。

4. 托兒中心
的確認

那我二小時後再來找你喔

嗯！

丸井 最終 バーゲン!!

我要去的是隔壁的丸井百貨搶折扣品

中古ゲーム 交換

最新 ゲーム

中古遊戲片
交換中心
（大王心中的挖寶聖地）

5. 長男需耐心教育

不可對長男說：不可以、不行摸這個、不要碰那個、這不是拿來吃的、不要放嘴巴……，這樣會傷害長男小小的自尊心，即使是不用想也知道的事，還是得放手讓長男去嘗試，因為他們天生就是小小的探險家。

5. 需耐心教育

有次回台灣玩，看到地上有張 "符" 直接撿起來研究的大王…

!!!!

喔買尬的!!

←要阻止已來不及…

什…什麼什麼符呀～
（惡人沒膽）

要學會凡事放手，盡量讓長男去摸索嘗試一

6.需培養與長男的共同興趣

無論是飛車激打零劇情片，或是卡車大改造，還是戰神鬥惡神，永遠搞不清誰打誰的PS2經典遊戲，不管有多荒誕……雖然老娘我只想上網去逛網拍的項目，但只要是長男喜歡，就應該花時間積極參與。因為根據社論調查，缺乏陪伴與關懷的長男，容易造成自我價值感低落、向外尋求歸屬感、容易產生焦慮、行為偏差等結果。

6.需培養與長男的興趣

天啊台灣的網拍真是好買!! 我要買這個!還有這個!這個也要!!

咔! 咔!

連續假日一直沈溺在網拍失心瘋中

....

再被忽視下去,遲早出現 "行為偏差" 或 "向外尋求歸屬感" 的長男...

7.用鼓勵取代責備

由於長男只有約八歲，其小小自信心容易受挫折，因此再荒誕的過錯也不應責備，需耐心給予鼓勵。

7.用鼓勵取代責備

因為忘了不能同時開冷氣與微波爐(會跳電) 導致跳電後,電腦整個歸西去,無法修復時的長男...

俺...やっちまったな... (我在幹嘛啊～)

往...往好處想,還好你有隨時備份的好習慣. 所以檔案都沒事... 電腦再買就好,錢財身外物嘛....

總結：

基本上，除了不用包尿布，並看得懂紅綠燈之外，長男在需要照顧和累人的程度上，跟八歲小孩幾乎是沒有差別的。

（為何是八歲大，因咱家長男剛好到達不會誤食硬幣，也會自己上廁所，但別人說話的內容卻不見得全聽得懂的程度……）

（結婚前，我都以為我嫁的是老公，結果證實只是誤會，很大的一場誤會啊～）

因此，表姊與阿母，請不用再三明言、暗示、威脅、利誘了。不孝有三，我大概都有，在下小的我已經家有長男，需要照顧及陪伴其生活起居大小雞毛蒜皮小事，已耗盡小的生命血值與EP精神值，實在餘力不足再多照料一位長女（或次男）的啊～

（雖說聽起來有找盡藉口逃避傳宗接代之嫌，但請相信純真如白紙、考卷也如白紙般的在下，真的是因為長男的關係！都是他！阿母要劈人，請指名長男！～逃）

P.S.本文中未補足齊全的與長男相處之道，請各位看官自行到各大書局的孩童教育區，尋找八～十二歲孩童的教導輔導書籍即可。

謙卑的、害羞的、開放的日本人？

一般日本人給我們的印象總是很有禮貌、很謙虛，常見的是抱歉、借過、謝謝、送電梯等統統都要來個彎腰大鞠躬，甚至連「鞠躬」都要細分成各種用途，各有不同的鞠躬種類。

鞠躬的種類

【15度鞠躬】

15度

用途
・早安、晚安等的
日常打招呼用

重點
・從腰部往前傾約15度
・視線看著對方
・双手併攏在大腿前
（男性也可併攏在大腿双側）

【30度鞠躬】

30度

用途
・客人的迎接等
（講歡迎光臨時）

重點
・從腰部前傾30度
・視線看著對方
・双手同樣併攏

【45度鞠躬】

用途
・送客人離開、道謝、道歉時

重點
・從腰部傾45度
・視線看地上
・雙手同樣併攏

【注意】

・45度鞠躬時要久一點，不要太快起來(顯得的誠意不夠)

啊

對方都還沒起來　沒禮多見

・上身不動,只有點頭的鞠躬 (失礼到不行)

只有點頭，上身不動

喔…
喔嗨嗨…

(剛進日本公司時,一直是這樣鞠躬的,唉…)

比鞠躬再更深刻一點的，就是最高賠罪時的下跪磕頭──土下座。

(在咱們中華文化，可是男兒膝下有黃金，那絕不能輕易下跪來滴啊～)

【土下座】

謀洗哇K狗仔衣媽線

用途
最高賠罪時使用,還要一邊說"謀洗哇K狗仔衣媽線"

重點
・雙手貼地,臉朝地面(距約1cm)
　持續土下座 N分～N小時
　(依嚴重度不同)

除了道歉，日本人會如此的謙虛又多禮之外，就算把情境換成只是跟日本人道謝或客套的誇讚時，他們也會馬上誠惶誠恐的搖手否認，非常謙卑的表示自己萬萬承受不起：「いいえ、いいえ、とんでもない！」（不不不，絕對沒這一回事！您太客氣了！）

長谷川さん　かわいいね♡
長谷川小姐　好可愛捏

いいえ！いいえ！とんでもないよ！
不不不！絕沒有這種事啦！

← 堅決否認的拼命搖頭又搖手

← 明明很可愛的！

咦？

原以為這樣特別的反應是因為同事長谷川小姐生性害羞，不習慣被稱讚，才會如此猛烈否認，後來才發現周遭的日本人被讚美時，也多半會有這樣激烈否認的行為，再經過大王及多位日本同事交叉比對認證（其細心觀察、大膽求證的程度不亞於美國影集警匪犯罪心理諜對諜CSI的邁阿密篇），才知道原來這也是一種「和」的境界，一種胸懷，一種修養。如何被稱讚都得強烈否認，才是謙卑有禮貌、有規矩、有社會常識，在日本算是基本禮儀的一環，見怪不怪。

和の極意

おもてなし
感謝
謙讓の美德

日本注重謙虛到發展出專門的用語——「謙讓語」（用來表現對
自己的謙遜、對對方尊敬的語言）。

反倒是身為外國人的我，常常沒有禮貌卻一點都不自覺。

接接小姐一直都很時髦呢！

嗯！這件洋裝我很愛呢！
在O1百貨拍賣時買的！

✗ 錯誤回答！

客官您看得出以上對話哪裡沒有禮貌嗎？
（當初以為自己很真心的對話，很～久以後才知道整個是很沒禮貌
的～泣～～）
正確答案應該是要這樣：

接接小姐一直都很時髦呢！

才…才沒有才沒有啦！
（加搖頭擋手）

安藤小姐才是咧！
一直很可愛今天的
衣服也好適合妳喔！

←必死（拼命）

為何要這樣否認才算是不失禮呢？

118

重點說明：
【正解1】
被對方誇獎了，不管誇獎的是你做事認真、勤勉好學、心地善良幫助老阿嬤過馬路，還是你天生麗質、品學兼優，不管是不是事實，怎樣都死命搖手搖頭堅決否認就對了（越激烈的否認則謙卑度越夠，也就越有禮貌）。

正解 1：被對方誇獎了，要死命搖頭搖手"堅決否認"

【正解2】
不光是否認，還要趕快稱讚對方，人家誇你長得好漂亮，你就要先激烈否認，再誇對方才是好可愛。不能對方誇你好漂亮，你就誇她才是頭腦很聰明。（因為這樣，一來是贊同自己很美，二來是默認對方沒有你漂亮，「啊～不過人醜沒關係，但很聰明」呀的意思，夠失禮的了～）
有沒有一整個很頭昏，繞過來又轉過去，素滴，這就是越學越讓一根腸子通到底的直通通台灣人我很想乾脆去撞牆的奧妙日本文化。嗯？不是還要說害羞的日本人嗎？拍寫，又離題還扯老遠，那各位看倌們就加減聽聽啦後～

正解 2：還要趕快稱讚回去，且要誇同一項目才叫"謙虛"

【正解3】
到日本後，發現超常被誇獎，不管是髮型、外表、今天帶的包包、很爛的日文、我家祖宗三代，連隔壁的小狗，能看見的都會被誇一次，當初還很飄飄然的以為自己怎麼一到日本就變天仙了，頭腦也變聰明了，考試都考一百分，連身高都長高了……，經過鍥而不捨、雙重交叉比對求證出的心得：在下並沒有變得比較聰明又貌美，還長高了，只是日本人基於禮貌，見面時會先把你從上到下外加祖宗八代先端出來高高捧一整遍（且越不熟的就越會用力誇獎，屢試不爽），讓客人有心情愉悅、飄飄然賓至如歸的感受，才不致失了日本多年以客為尊的禮數與教養。
（啊嗚！誇得在下滿心歡喜，屁股都翹起來，差點沒跳起來大走媽抖台步，衝去報名早安少女隊，真的是「認真就輸了」！）

正解 3：關於被誇獎的內容，真的"認真就輸了"…

日本人除了動不動就低頭鞠躬，以及被誇獎時都很謙虛外，就連日
常生活小細節也都很注重謙卑有禮的態度，例如從別人面前經過
時，日本人都會很謙卑的彎腰道歉。

通過別人面前會舉起「單手手刀」的由來：
據說是因為通過別人面前等於進入別人的領域，所以一邊彎腰道
歉，一邊給對方看見手上並沒有拿武器（表示善意）的意思。

謙虛有禮的日本人還有另外一個特色就是「很害羞」，害羞到連
上廁所有聲音都會覺得不自在，所以呢，女生們在上廁所時，就
會按下沖水鈕，讓沖水聲蓋過如廁時的聲音。如此一來，每個人
上廁所都得沖兩次水，造成浪費水源的社會現象。於是TOTO等馬
桶設備製造公司就很聰明的發明了「廁所用擬音裝置」（俗稱「音
姬」）。按下「音姬」按鈕，流水聲自然來，就不用浪費水資源，
在日本獲得大好評，也就整個普及起來了。

現在在日本各公司行號或
各公眾女廁，大部分皆有
裝置「音姬」設備。

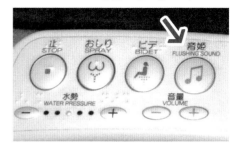

（突然想到，那我們如此挺直胸膛的將如廁的聲音詩化成「聽
雨軒」及「觀瀑亭」，並打成大牌子大剌剌的貼在男女廁所門
口，日本人要是知道其代表的含意，真不知會有何反應～）

杯子上的口紅印要用手指擦掉喔！

還有一個基本的生活禮儀，那就是「コップに付いた口紅を指で拭くこと」（在外用餐時，杯子上有口紅印的話，要用手指將口紅印擦掉），不然會顯得沒品、沒禮貌。據說原因是：杯子上沾著口紅，看起來就是髒髒不乾淨，會給周圍用餐的人不舒服的感覺。

所以為了他人的感受，要小心注意，若沾上了就趕快擦掉，這是一種體貼的行為。

口紅印→

←用手指擦去
（跟茶過裏的作法一樣）

至於為什麼是用手指擦，用餐巾不行嗎？這又有學問了，那是因為直接用餐巾擦的話，怕會使餐廳（或招待的主人）的精細杯子受損（作為客人應有的體貼及教養），所以先用手指擦，然後用餐巾將手指擦乾淨（想得真細啊～）。

P.S.雖然覺得很麻煩又有裝高尚的嫌疑，但素！嫁雞隨雞，喔不，是人在海外，可不想讓別人覺得台灣人不知禮節、沒禮貌，所以還是一切照辦，尊重國外的禮俗，畢竟在下身為台灣代表（自認），不能丟臉丟到國外去滴！

雖說日本的謙虛有禮與害羞是優良的行為，但有些時候日本人的纖細與內向害羞，實在是滿令外國人頭大的。

在下在日本的公司內，最苦惱的就是遇到內向的上司或同事，因為與他們說話時，他們都⋯⋯「目を直視しない」と「はっきり話せない」（「目光不直視對方」或「不明確地講話」）。

（日語不好的外國人，如我，內心OS：可⋯⋯可素我需要看你的嘴型和眼神才能確定你在說什麼啊～）

因為性格較內向與害羞，所以還真的有一部分日本人對於「直視對方講話」與「明確的清楚講話」這兩點是極度的苦手項目。

內向的日本人講話會有這樣的傾向：

在下的前上司就是典型的內向日本人，都不給看眼神來點提示滴。

因為這樣的內向習性，所以剛學會日語的外國人在捕捉日本人的語言時會特別辛苦。（不像老美嘴型和表情都是又大又誇張，好懂很多！）

這樣內向含蓄的溝通方式，在日本人與日本人間是完全沒有問題的，且互相有空間，不會有緊迫逼人的緊張感，非常符合日本的曖昧美德觀。

會議也能在圓融氣氛下進行。

但一樣的會議，丟個外國人進去，就會使那外國人挫折得很想撞牆……

一場會議下來，精神力耗損為－1,000,000,000值，必須去居酒屋來
一杯補血才行……
（幸好同事們都佛心來的，對於腦殘又聽力有障礙的外國人在下我
很體諒，還有人直接寫給我他的會議筆記……簡直救人一命勝造好
多浮屠啊～）

P.S.那場唯一的會議記
錄，後來一個個去找了當
時有發言的同事再問一
次，才將記錄寫完整來。

那……所以……日本是很含蓄又內向的民族嗎？好像又不能這麼下
結論……

像在下有次跟著大王的媽媽、妹妹們一起去澡堂泡湯，一到澡堂，
大家毫不遲疑的脫光光，在浴池邊有說有笑……

跟著大王的媽媽與妹妹們一起到澡堂泡湯時.
大家毫不遲疑的脫光光. 自然的談天說笑...

啊哈哈！

こっちこっち
(這邊這邊！)

光溜溜

嗯啊

扭捏～

雖說也常去泡澡. 但素！
跟家人的赤裸相見
就是有一種不自在感 啊～～

嗯……對於互相裸體
又好像不會內向害羞耶～

還有好幾次下班，跟著同事去居酒屋吃飯喝酒，在居酒屋裡，就是
會有喝醉的日本人要脫衣服、脫褲子，或親大家……

在居酒屋. 同事喝醉. 強吻隔壁的人

？！？！

好きだよ…

鄰桌則是已經在
脫衣服跳舞...

不知該做何反應...

喝……喝了酒,
也好像都不內向了……？

124

再不然就是一走進便利商店，冷不防就是一整排令人臉紅的色情雜
誌、漫畫。

最後是永遠記得有一次，大概十來歲，還是乳臭未乾死小孩一枚
時，跟姑咪到日本遊玩，那天自己到池袋一家大型書店要買畫冊。
書店裡真是超多資料的，超級興奮……

因為很專心挑選，選著選著就走到另一區塊，才在納悶身邊人群
為何變少時，突然驚覺怎麼都是男生!?再仔細看看這一區陳列的書
籍，原來都是…… 超級限制級！

因此結論是：
日本是謙虛多禮的、害羞的、含蓄內向的，但絕對不能因此小看
的，其實他們也是很開放的，好像越想分析就越搞不懂的民族啊～

大阪燒 V.S. 廣島燒 V.S. 文字燒

大阪燒、廣島燒、文字燒這三道日本料理，對台灣人（好啦，不要拖累別人，也就是在下我啦～）而言，不過就是一道麵糊裡有多種食材攪在一起，在鐵板上煎的時候，趁機去隔壁攤位買杯黑糖珍奶去冰少糖還要袋子的日式風味食物，對它研究不多。老實說，其實是被那店頭的和風燈籠吸過來，想說嚐嚐鮮也好啦……

大阪燒
広島燒
道地口味

大阪燒
広島燒
文字燒??

日本名產
文字燒

← 豬血糕
生煎包 →

塞滿口的美味小吃
還要眼觀八方再買…（癡肥莫怪人啊…）

對於這三道日本料理，抱著這種「隨便啦，哪個不就都糊在一起煎一煎，加上日式醬的大阪燒嘛～」的輕浮態度，在日本可別輕易說出口，除非你想身處異鄉被人白一眼。（搞不好還加上一腳～）

像在下當初到日本沒多久時，跟大王（還沒露出櫃門馬腳前，那段夢幻般又瞬間消逝的熱戀時期）一起出門吃飯，大王說想帶我去吃廣島燒（因為大王是廣島人，想帶我嘗嘗家鄉味），在新宿找半天找不到廣島燒的店（只因很懶、很隨便大王沒有事先做足功課），大阪燒店倒是一卡車，最後只好踏進大阪燒的店，然後點了大阪燒兩人份，只見材料一上桌，大王就開始心無旁騖的做著大阪燒……

仔細的充份攪拌麵糊、
放上鐵板、調整形狀、等待最佳時機
一鼓作氣翻面。
依序塗抹上醬料、乳酪、
青海苔、最後放上
會跳舞的柴魚片

一語不發
← 超級專心

好了，熱的時候要 吃，どうぞ～   （大拇指"趁熱吃"）

啊、謝謝！

128

後來，經由燃起熊熊小宇宙的大王解說，才知道對日本人而言，這三燒的分別竟是如此南轅北轍、天大的不相同的，就像台灣人若搞不清楚東山鴨頭、古早味滷味和鹽水雞有什麼不同，肯定是頭腦壞去，別人會覺得「老兄～你不是認真的吧」！

那大阪燒、廣島燒、文字燒到底有什麼不同？就讓在下精簡的用圖
片來說明好了。

（大王難懂艱深的解說，就由在下消化承受就行了「口」……）

先介紹這三道日本料理的做法與特色：

大阪燒

日文原名「関西風お好み焼き」，誕生於大阪。
做法：

1. 將低筋麵粉及水,在碗裡混合攪拌.
   加入高麗菜跟肉.山藥泥等一起拌

※攪拌時需注意要拌入
許多空氣,使其鬆軟

2. 然後將麵糊與材料一起倒在鐵板上.
   一邊整理成圓形

※不要壓麵糊
才能保持鬆綿口感

3. 等待約 4-5 分番翻面（在約會時男生可帥氣翻面）

← 一鼓作氣翻面!

4. 最後依序塗上醬汁，撒上柴魚片、青海苔、
跟美乃滋即可

噠～

大阪燒吃起來細緻綿密，口感鬆軟又充滿香氣，與濃郁醬汁、滑順
美奶滋融合為一，滋味絕妙。為了創造出鬆軟的口感，所以攪拌時
需要拌入許多空氣，使麵糊蓬鬆綿密，入口即化。

鬆綿口感與濃郁醬汁融合為一的絕妙滋味

ふわふわ
鬆軟綿密

あつあつ
熱呼呼～

関西風お好み焼き

（大阪燒）

お好み焼きデート（お好み焼き約会）

適合情侶約會時吃，由男生為女生服務，是展現鐵漢柔情的好時機！

哇

廣島燒

日文原名「広島風お好み焼き」，誕生於廣島。

做法：

1. 在鐵板上將麵糊弄成一個圓形薄餅皮
   接著再鋪上厚厚一層的高麗菜、肉等食材

← 滿~滿的高麗菜 是重點

2. 然後一口氣翻面，由蓋在最上方的薄麵皮當蒸蓋
   把高麗菜等食材蒸熟

← 難度較高，通常由帥傅服務

132

3. 在旁邊 的 鐵板 放上 炒麵. 炒熟 一下後
   將 剛剛 的 高麗菜 及 麥面皮 一同 移到 炒麵的上方.
   然後 用力 壓 ~ 扁扁

將食材疊在一起後
壓 ~ 扁扁

4. 然後 再 煎 個 蛋. 將 剛剛 的 炒麵等. 一起 疊 到 蛋上
   快速 的 再 翻 一次 面

翻面

5. 最後 抹上 醬料. 加上 青海苔. 紫魚片.美乃滋.青葱等
   趁熱 以 小鐵 鏟 食用

廣島燒可以吃出高麗菜的香甜，加上半熟蛋黃將醬汁與焦香爽脆的
炒麵完美的融合在一起，入口時香甜、濃密、柔軟卻又爽脆的絕妙
口感，令味蕾都要跳起舞來啦～

口中柔軟高麗菜的香甜與蛋黃的濃密蛋汁結合.
再搭上焦香炒麵的爽脆口感,令人垂涎不己啊～

外が力ルっと
外皮焦脆

中がふんわり
裏層濃密香軟

広島風お好み焼き
(広 島 燒)

廣島燒的難度較高，通常是客人圍坐在鐵板前，由師傅在客人面前
煎廣島燒，一邊看師傅煎，一邊流口水、閒聊，熱鬧滾滾、香氣四
溢的小店氣氛也是廣島燒的主要特色。

文字燒

日文原名「もんじゃ焼き」，誕生於東京。

做法：

1. 將蔬菜、肉等材料放上鐵板，
   用鐵鏟一邊切一邊炒

※據說用切著炒，
高麗菜會更美味

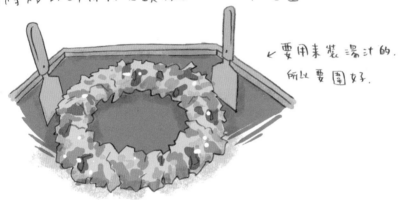

2. 將炒好的材料在鐵板上作成一個圓圈

←要用來裝湯汁的，
所以要圍好。

3. 將與高湯稀釋過的麵粉糊分2～3次慢慢倒入圓圈中

4.等全体沸騰後，將食材跟麵糊混合拌勻

拌勻後，薄薄的鋪平

5.等漸漸煎成鍋巴，灑上青海苔就可以吃了。
文字燒就是吃那又焦又香的金鍋巴
一邊配上冰涼啤酒，好過癮啊～

↑
焦香鍋巴

文字燒要一邊壓食材，一邊吃那焦脆鍋巴，而還沒焦的部分具有濃濃
稠稠的口感，統統混合在一起，也是會吃了就上癮的國民美食。

小口吃著焦脆鍋巴，同時還沒焦的部分
濃濃 稠稠的口感混合在一起，真是會上癮的好吃！

焦焦香香

濃稠的味

もんじゃ 焼き

（文字焼）

適合與好友一邊小酌閒聊，一邊用小鏟子小口小口挖來吃，雖然吃相不是很美觀，但是非常有庶民派的幸福滿足感。

P.S.文字燒的名字由來，據說是江戶時期的人吃文字燒時，一邊好玩的寫上文字而來的。

這三道日本料理仔細的比較起來，真的完全不一樣耶，那不就井水不犯河水，大家相安無事、共榮共存不是很好嗎？為何被混為一談時日本人（大王）會跟鬼上身般火大呢？在下的不負責、不認真亂亂猜的結論如下：

1.日本人對於自己家鄉的熱愛

因為日本各地都有自己的特色與土產，身為土生土長的在地人，自然對家鄉味有難以割捨的愛與情。

（咱們小寶島人民，因為地小人稠，其實很難體會這個差異點的，勉強要比喻……大概就是我比較愛北部粽，但台南出生的好友就鍾愛南部粽，就像這樣的家鄉愛吧……大概……）

2.當初大阪燒和廣島燒的命名搞曖昧

原本兩者同樣叫做「お好み焼き」（御好燒），也不是故意取一樣的名字，而是原本的お好み焼き在大阪漸漸發展出大阪燒的做法和味道，在廣島也發展出廣島人喜歡的做法和味道，兩者漸行漸遠，所以大阪人認定的お好み焼き理所當然是大阪燒，廣島燒是蝦瞇碗糕，怎可混為一談！而廣島人指的お好み焼き也絕對是廣島燒，大阪燒簡直是歪魔邪道，你是在亂說什麼！

如此這般……在這三道日本料理的話題下，這三個地方出身的日本故鄉熱愛者就很容易像這樣燃燒起來：

若您到大阪遊玩，到店裡點お好み燒き，那端上來的絕對是大阪燒；相對的，您到廣島，跟老闆點お好み燒き，端上來的絕對是廣島燒。

拜託絕對不要老子偏要耍叛逆的在大阪點お好み焼き，還問為何不是廣島燒；相同的，請勿不要命的在廣島點お好み焼き，還問為何不是大阪燒。否則……保證什麼燒都還沒吃到，就被火上心頭的老闆（或其他客人）連人帶包給提出店門外，列上黑名單先。

（其自目程度大概相等於在洋基隊的座位上不要命的為紅襪隊大喊加油，還全身紅襪隊制服穿好好……被丟出後門不要還問為什麼><）

最後，回到當初大王帶去吃大阪燒的約會場景。
（有時自己也很佩服自己，如何能扯好遠還講不完……這也算是一種天賦嗎？）

大王一邊講解大阪燒與廣島燒的不同，以及各自的深奧宇宙觀，在下則是努力忍住哈欠，並一邊捏大腿忍住不說出：「比起這個，我比較想去109觀光一下耶……」這種不給面子但百分百真心的真心話。

所以吶阿，攪拌的時候 ○×△×○△…

←還在熱血講解

喔，嗯嗯！

↖裝認真，博好感
之回想當年…

因為還在很不熟的熱戀期，連要去廁所都會難以啟齒的害羞階段，
在下等了好久才鼓起勇氣跟大王說：

如果時光能倒轉，以上是在下含淚想重來一次的場景之一。
吸滴！那陽光般的門牙中間，就是這麼有喜感的卡住了來亂的好大
一片青海苔……（捶牆～）

所以啊，看倌們若有機會要去吃大阪燒、廣島燒、文字燒，請一定
要必備看起來不重要、臨時需要一定翻遍包包就是找不到的慌死人
救命牙線一盒。

因為這三道日本料理，不管是哪一道，都會有這令任何氣質淑女瞬
間被打入搞笑諧星之好糗又沒地洞可鑽的火力超強、殺人於無形之
中的青海苔一瓶！

擬音語和擬態語

日本語言的學問與奧祕之深，實實在在無法三言兩語輕鬆講完，各位在看過之前的篇章應該稍有體會。

學習日本語會有這幾個殺手級難關需——過關斬將：

五段

外來語

逼人撞牆の
▶五段動詞
殺傷力★★★

最佳暗器の
▶外來語
殺傷力★★★★

敬語

曖昧

血濺七步の
▶敬語
殺傷力★★★★

死的莫名の
▶曖昧語
殺傷力★★★★★

最後，在下血格剩沒幾滴血，苟延殘喘的打過了以上的難關，也通過日本職場的面試，原以為人生終於變彩色的當下……
上班第一天，在辦公室遇到聽都沒聽過的謎一般的日語：

後來回家趕緊巴著大王求救：「呼哇呼哇、嗚漏嗚漏的一隻熊是要怎麼表現啊？」

各說各話的兩人，無可避俗地經過吹鬍子大眼瞪小眼、你翻桌我摔盤的屋頂都要掀開的一番爭吵後，在下終於明瞭求人不如求己（抑或求「姑狗大神」）比較實在。

經過一晚臨時抱佛腳的搜尋之下，原來那「呼哇呼哇、嗚漏嗚漏」謎一般的日語叫做「擬音語／擬態語」來的，簡單解釋就是模擬聲音或情況的形容詞：

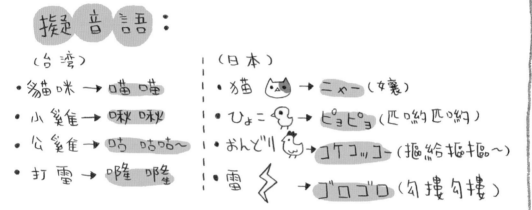

擬 音 語：

（台灣）　　　　　　　｜（日本）
• 貓咪 → 喵 喵　　　　｜• 猫 → ニャー（娘）
• 小雞 → 啾 啾　　　　｜• ひよこ → ピョピョ（匹喲匹喲）
• 公雞 → 咕 咕咕～　　｜• おんどり → コケコッコー（摳給摳摳～）
• 打雷 → 嚨 嚨　　　　｜• 雷 → ゴロゴロ（勾摟勾摟）

既然明白了是所謂的擬音語，事情就好辦了。
原來那大津部長就是要我畫一隻熊在叫著「呼哇呼哇、嗚漏嗚漏」這麼簡單嗎？嘖嘖嘖，回答yes的同學們，可是忘了日本語是如此的令人匪夷所思、刁鑽古怪了嗎（扶眼鏡）？那當然不會是一隻熊發神經亂吼就能解決的答案（差點就安心的關閉姑狗神，隔天去畫給人家笑了），除了有用來形容聲音的擬音語，還有另一種是形容情況的擬態語，這傢伙才是叫人頭痛～

擬 態 語：

↑
殺 傷 力 高　　　　　　← 隱藏版狼角色

擬態語（ぎたいご）之所以是狠角色，是因為其種類之多，且只能意會無法言傳，一切只看施主是否有那慧根。（在下沒有慧哪來的根，只能靠死背勉強充數～）

擬態語： （冰山一角之一小角）

- キラキラ → 閃閃亮亮 （音：ki拉ki拉）
- クルクル → 轉圈圈、捲 （音：庫魯庫魯）
- イライラ → 煩燥、生氣 （音：衣拉衣拉）
- ドキドキ → 心跳、緊張 （音：兜ki兜ki）
- ワクワク → 心跳 小鹿亂撞（音：哇庫哇庫）

嗯？是不是像這樣疊字念起來像土語的「庫魯庫魯」或「哇庫哇庫」就是擬態語？哼哼，這麼簡單且有規則可循的話，那就白稱它為狠角色了（擦擦眼鏡），以下這些擬態語也還只是冰山一角的其中一小角：

擬態語： （冰山一角之另一小角…）

- うっかり → 迷糊狀（音：五卡力）
- がっかり → 失望狀 （音：嘎卡力）
- さっぱり → 清爽的 （音：撒啪力）
- しっかり → 好好的、緊緊的（音：洗卡力）
- じっくり → 小心的 （音：幾庫力）
- すっきり → 清爽的 （音：素ki力）
- のんびり → 悠閒的 （音：弄嗯比力）
- びっくり → 嚇一跳 （音：比庫力）

（請再度唸音看看有多麼難背起來：）

死掉還比較乾脆…

什麼卡力比力系列也是好幾卡車的多……

現在才知道學習日本語不是背完
文法、外來語和敬語
就可以沒事去旁邊納涼。（只有我有上了賊船的感覺嗎？）

←厚～厚的一大本....

到底還要背幾百本～

日本語有完沒完～

↑崩潰邊緣

學語言就是這樣，就算理解了以上幾卡車的擬態語，不懂得舉一反
三應用在生活中，那就等於是根本不會。
平時跟同事閒聊：

ジェジェさんの髪が サラサラで
羨ましいよ～私のは パサパサだけどね

接接桑的頭髮都 撒拉撒拉的
好羨慕喔 我的都 啪撒啪撒的

私だって、お腹の肉が ぶよぶよで
やばいよ～

我才是！肚子的肉都
布呦布呦的，才慘～

撒拉什麼...

布...布呦呦...
？？

←有聽沒有懂，無法回話...

將那擬態語的「撒啦啦」和「布呦呦」翻成中文的解答如下：

接接桑的頭髮都"輕飄飄、順順的"好羨慕喔
我的都"乾枯枯的"～

我才是、肚子的肉都"鬆軟軟的"很糟～

←日本会話 一切以"謙虛"為主軸

聽到這些話的礼貌回答是

哪有哪有！我更乾
肚子才大呢！！

←同時搭配搖頭擺手有如神経失調
才有達到"謙虛"的標準社交回答

サラサラ→輕飄飄、順順的（音：撒啦撒拉）
パサパサ→乾枯枯（音：啪撒啪撒）
ぶよぶよ→鬆軟軟（音：布呦布呦）

不光是日常聊天裡很常出現擬態語（不然頂多就要孤僻，不要沒事
去聊天，也就能平安過日子了），但偏偏事與願違的沒那麼簡單，
擬態語就硬生生的在工作上也非常普及的被使用著。像剛剛大津部
長出的謎語解答是：

把這隻熊画的稍微"毛茸茸、蓬鬆鬆的"
還有"在四處遊蕩"的感覺 好嗎？

↑這麼簡單的任務…

嗯～～～

聽不懂"擬態語"而擺出一到
很難的表情

DB啊…不会就算了…←慌

人家只是要隻毛茸茸、四處遊蕩的熊熊啦！
ふわふわ→毛茸茸、蓬鬆鬆狀（音：呼哇呼哇）
ウロウロ→四處遊蕩狀（音：嗚漏嗚漏）

以上工作時遇到的擬態語，也還能臨時「姑狗」一下，意思也就八九不離十了。但有一次是肚子很痛去看醫生：

咱家附近的藤田病院

うん〜
嗯〜

先生〜おなかがいたいです〜
醫生〜我肚子好痛喔。

看完還得滾回去上班…

どのように痛みますか？ズキズキ？しくしく痛むですか？時々ズッキーンとくるんですか？胸はキューとしますか？

肚子是哪種痛法呢？是"紫ki紫ki" "吸庫吸庫"的痛嗎？
偶爾会"紫ki〜嗯"的痛嗎？
胸口有"Q〜"的感覺嗎？

哇勒按!!
肚子都痛死了
還跟你Q什麼Q〜

←用猙獰的表情猛搖頭

痛到吐血算不算？

痛到說不出口

好…好的，總之開止痛藥先……

【解答】
ズキズキ（音：紫ki紫ki）→隨著脈搏跳動著痛，較常用來形容偏頭痛、牙痛、發炎疼痛。
しくしく（音：吸庫吸庫）→抽痛、鈍痛，較常用於形容胃痛、腹痛，另外しくしく也用於形容「抽抽噎噎的哭泣」。
ズッキーン（音：紫ki〜嗯）→突然間的尖銳激痛，較常用來形容頭痛、心臟痛等突然激烈的疼痛。

誰知道啊>＜〜

替剛剛的醫生說明一下：

擬音語／擬態語因為種類繁雜，使用起來也很模稜兩可（是的，模稜兩可與曖昧不明為日本語之王道精神所在，能悟其真理的弟子才能擺脫輪迴，修成正果下山去逍遙……），所以日本人非常偏好這一味用起來很朦朧、很模糊的擬態語，演變成在日本的食衣住行等日常生活裡簡直是人人擬態語、擬態語人人的現象，無論什麼場面都可以拿掉所有正常日語，全部使用擬音語／擬態語來取代。（看看擬音語／擬態語的滲透度有多麼妖獸～）

其頻繁到破錶的使用度，會讓所有外國人都一起抱頭痛哭，完全無法理解，也根本背不完，要有覺悟啊～

台灣也有古早日本擬音語！

其實呀，台灣早就有日本擬音語的產品，那就是古早味零食「卡哩卡哩」！其命名就是擬音語「脆脆的」意思，到現在脆脆的炸雞、脆脆的培根等都還是用「卡哩卡哩」來形容哩！

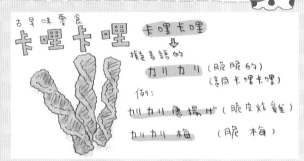

古早味零食
卡哩卡哩
卡哩卡哩
↓
擬音語的
カリカリ（脆脆的）
（意同卡哩卡哩）
例：
カリカリ唐揚げ（脆皮炸雞）
カリカリ梅（脆梅）

我愛連身褲

在下小的我,多年來一直很愛「連身褲」。

↑
這種,上身與褲子為一整套
的設計 ♡ (帥氣又可愛)

那多年下來敗家功力有增無減的結果，衣櫃裡自然收藏了各式各樣
的連身褲。

這種不用再頭疼上身、下身如何搭配的連身褲，不但方便（套進去
就好），更適穿於各種場合：

玩樂穿連身褲

但世界萬物必然有一體兩面，連身褲它那唯一的、細微的、完全不
起眼的小……小缺點就是：

必須很恥辱的 "全裸" 上廁所…
（致命傷）

隔扇門，裡面的人正在全裸著上廁所的事實。
該不該跟安藤桑說呢…

時至今日，在雜誌上看到連身褲還是很心動，只是多了「無論何時
何地都必須全裸著上廁所」的羞恥覺悟就是了。

日本裏文化

「裏文化」指的是不會出現在教科書或參考書籍中，但是深深滲透在日本一般民眾生活中的獨特文化現象，例如：日本櫻花季節時，被派去占位子的就一定是菜到不能再菜的菜鳥們，或是在日本吃拉麵就一定要唏哩呼嚕的發出很大的聲音，而且越大聲越好!?

日本 裏文化？

一大清早就得去佔位子的菜鳥
↓

好大聲的吃拉麵
↓
唏哩呼嚕～

予約

像這種裏文化就會讓人生地不熟的外國人感到很迷惘，因為上課時老師不會教，查字典更是查到天荒地老也查不到，一切只能腳踏實地的依靠經驗值，一步一步切身體驗到時才會恍然大悟，猶如打通任督二脈般的用力拍額頭說：「原來如此啊！」

記得還在日本語言學校初級班中的「幼幼班」階段（初級班中的最初級），與明明說是五十音其實根本就有一百多個音、每天背得焦頭爛額，記一個字馬上又忘了另一個字的痛不欲生交戰時期……有一天，老師照例為大家考寫昨天教過的課題。那天的考題，在下反常的很有把握，所以當老師改完考卷發回來時，以為考卷上會是一百分，還畫上五顆蘋果，滿心期待的翻開考卷，萬萬沒有想到，看到的竟然是被紅圈圈仔細圈滿整張、紅咚咚的考卷——

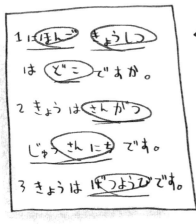

← 明明都是正確的答案
欲被老師通通
用紅筆圈起來…

然後再瞄一眼隔壁掛著兩行鼻涕、經常在發呆的外國同學（綽號大頭呆呆）的考卷：

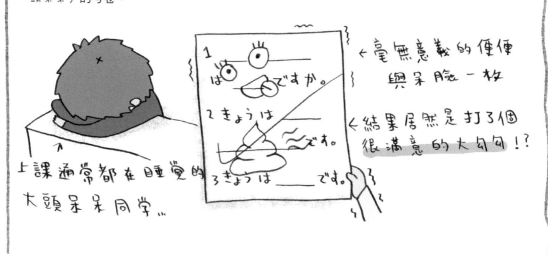

← 毫無意義的便便
與呆臉一枚

← 結果居然是打了個
很滿意的大勾勾！？

上課通常都在睡覺的
大頭呆呆同學…

這、這、這……要嘛就是我實在太惹老師討厭，故意這樣整我（但沒有啊，我這人什麼都不會，抱大腿、拍馬屁、假面奉承這檔事做得可勤快的咧，每個老師都給虛偽奉承的笑不攏嘴了，哪還會找咱這卑賤小李子麻煩！）；要嘛就是這老師突然實行什麼歐美大濫愛教育法，再扶不起的管他是阿斗還是大頭呆呆，都一律給予正面的讚賞，絕對不給負評的教育新方針？（這樣也不對呀，那我的標準答案為何反而被紅圈圈起來捏？）

這簡直是反了嘛！那我這麼認真背書幹什麼，反正老師都看心情亂亂改考卷，老子都不老子了，管他是背一袋橘子還是柳丁，上月台還是去坐公車（國中三年的課程內容大概只記得這兩行字，還搞不清作者貴姓！），就在這叛逆血氣衝腦、差點自暴自棄拎起包包就翻牆翹課去撞球間瞎晃也好的當下，突然想起我不知道東京街頭哪裡有撞球間，而且需不需要繳兩百元辦會員卡？況且衝出教室門口時，得要狠撂下的那句，「哇哩伶老師咧，老子不爽上課了啦！」，還得翻成日文，我又不會……想到這裡，叛逆因子就瞬間凍結，放下包包，抱著滿腹的委屈，操著人神共憤的破爛日語，跑去問咱們的安藤老師，為何給我好多紅圈圈？紅筆買太多也不用這樣對我嘛……

仙浅ぃ
（老師…）

人家不依啦～

あ どうした？
（怎麼了嗎？）

★人超好的
安藤老師

還好，逆子有回頭，一問之下才雲開見日、疑惑全掃！原來是因為，日本考卷的改法，正解時會在正確答案上畫個圈，表示答對了；答錯了，則會在答案上打個勾。

（打勾的英文為「check」，所以日本沿用在考卷答案錯誤時要勾起來，提醒人是錯的答案，需要「再確認」的用意。）

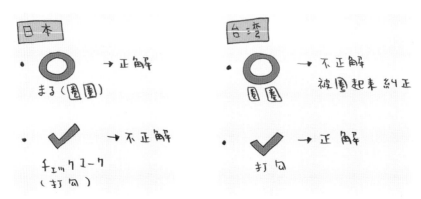

原來，日本跟我們的考卷改法是完全相反的！
那個……安藤老師，小李子知錯，再不敢嚷嚷要翹課去打撞球，小的下去跪算盤先厚！（揮下雙袖，誠惶誠恐退下～）

還有一次裏文化的體驗是發生在公司。
有天吃完中餐，卻一直打嗝打個不停，同事有田桑很好心的倒了杯水遞給我……

有田桑不好意思的笑笑說，雖然只是迷信，但真的可以有效止嗝，要
我試著就這樣隔著筷子喝水。

原來不是隔著筷子就算了，還得從較遠的那一頭喝那杯水。

就在當著眾同事面前，奮力彎腰前傾，正要喝到那口水的同時，那杯
水竟然給打翻了～水灑了滿身、滿座位，在下只好紅著臉，很糗地逃
出那周遭用力憋笑到表情扭曲的眾目睽睽辦公室，就在那個時候，
打嗝好像也忽然停止了……以結論來說的話，的確是很有效的止嗝方
法。（當然，犧牲值也很高～）

除此之外，日本民間還流傳了一些其他的止嗝法，較常見的
有暫停呼吸法、大口喝水法、被嚇一跳法，而比較特別的還
有：

- おちょこでレモンの原液を一気飲みする。
  （用小酒杯將檸檬原汁一口喝掉）
- 10からカウントダウンしながら水を飲む。
  （從10倒數到1，每數一下就喝一口水）
- 鼻をつまんで水または米飯を飲み込む。
  （捏住鼻子，然後吞一口飯或水）

另外是每每跟大王在拉麵店吃飯時，都忍不住想問的拉麵裏
文化。

速！

速！

速！

速！整間拉麵店的日本人都
"速"很大聲的吃麵

速！速！

？

大王也不例外→

用"吸"的吃麵

一直很想問

禁不住好奇的就問了大王：為什麼日本人吃拉麵要吸（speed）得很大聲呢？不會覺得不禮貌嗎？

話都問完好久，我的麵都泡到要變浮屍了，咱家大王才「速」完他的麵，滿足的擦擦豬油嘴，幽幽的擠出一句：「你問我，我問誰啊？」

（真是○○※×的＃＄＆％……沒屁要放，就不要撅起你的扁屁股嘛！讓人等半天，茄！）

そば

原來啊～這是從吃蕎麥麵的習慣來的。

靠山山倒，靠北不好，還是靠自己最好。隔天去問了好幾個日本同事，才終於得到比較正經的回答。

① 大口放入蕎麥麵

日本的蕎麥麵有種纖細的香味，為了要仔細品嘗其香氣，於是吃的時候要將蕎麥麵與空氣一起吸入口中，然後從鼻子吐出氣息，就能感受到那特別的香氣。

速！
② 不要咬斷 用力吸入 麵
吸～

③ 一邊從鼻子吐出氣息
一邊仔細品嘗蕎麥香氣
同時
香～

161

之後吃蕎麥麵的習慣開始漸漸普及，演變成各種麵類都是這樣的品嘗方式。而且正因為要對拉麵好好的仔細品嘗，所以越是大聲的「速」出品嘗的聲音，就越是能表達對拉麵的敬意。這就是為什麼在日本拉麵店裡大家都「速速叫」的原因啦，越大聲就表示越好吃！

整間客人都"速"的很認真的品嘗拉麵
做拉麵的元頑固老爹再辛苦也值得

記得，下次吃拉麵也要用「速」的，然後從鼻子吐出氣息，同時好好品嘗香氣才行。

（不習慣這種吃法的外國人請小心，不要被麵條嗆到啊～）

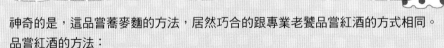

喝紅酒也要唏哩呼嚕?!

接著說：

神奇的是，這品嘗蕎麥麵的方法，居然巧合的跟專業老饕品嘗紅酒的方式相同。
品嘗紅酒的方法：
喝一小口紅酒含在口中，嘴微微張開，然後吸入一口空氣（此時會唏哩呼嚕作響，就跟吸蕎麥麵時一樣），讓紅酒跟空氣混合，然後慢慢從鼻子吐出氣息，這樣更能清楚的感受到紅酒的香氣。

除了考卷的打圈圈、止打嗝法，還有大聲吃麵這些很獨特的日本裏文化之外，日本還有一個很妙的裏文化，叫做「3秒規則」（3秒ルール），也是很不可思議。

所謂的「3秒規則」，結合了日本的節約美德與歐美的不可考都市傳說而來（歐美好像是5秒的說法）。簡單講就是掉落的食物只要在3秒內撿起，就算平安過關，還可以吃。

當然一般較重視禮儀的有教養日本人是不會這樣做的，但比較庶民的歐巴桑（大概像我家阿母的日本版）就很常一邊說著：「3秒以內だから大丈夫～」（3秒以內所以沒關係啦～）然後就大刺刺的撿起掉落的食物一口吃掉。

「3秒規則」跟我們「不乾不淨，吃了沒病」
的說法有異曲同工之妙耶！

回家後，很得意的跟大王分享這個剛聽到的新知識：

因此，日本雖有3秒規則這個說法，但有沒有實際運用，還是見人見智滴。

以上是小的不負責採訪報導～

P.S.根據食物安全法則，掉落地面的食物具有雜菌，請勿食用。3秒規則為都市傳說之一，並未獲得任何官方檢驗證明其真實性，乖小孩請勿模仿～

大王的堅持

大王,可謂是世界上最複雜難懂的宅男,他節省,但是往往省小失大……

家徒四壁.省吃簡用的換了台電腦新主機.
結果因為"跳電"整台壞掉(不在保固範圍)含著淚再訂一台…

用了好幾年都
不捨得換的老舊
厚螢幕…

……

一人にしてくれ…
讓我獨自靜一下…

嗯
屁

新到嗶亮!

← 有打開緊急CPR搶修
但怎樣都醒不過來的
全新主机…

(還有充氣床墊事件等,請參閱《接接在日本1》)

165

他很宅，且往往出口就是國粹，但是深受粉絲擁戴，還搞起
FaceBook社團，當起團長……

他可以把宅宅弟兄借給他的遊戲片天天玩到出神入化、廢寢忘食，
滿足的欣賞完破關畫面後，還可以比犯罪現場鑑識官還小心翼翼，
謹慎的將遊戲片完整的封回精美的片盒裡，卻不沾上一丁點指紋或
毛屑，「啵亮」程度保證比新的還新！

若問他，你老婆和宅宅弟兄的遊戲片哪個重要？
答案絕對是：遊戲片！（還會哼的一聲說：「這需要問啊，你傻的啊？」）

他究竟是神仙的化身？還是地獄的使者？沒人知道！
不過可以肯定的是，每個人都給他一個稱號——**宅神一大王！**

雖然貴為宅神，比起尖酸刻薄、雞蛋裡硬要挑骨頭，每幾百年會出
現一個的傳說中的殺千刀難伺候老爺，咱家大王算是體恤下人、慈
悲為懷等級的了。
對於吃的，大王沒有什麼堅持點，只要能填飽肚子就好，吃什麼無
所謂！（當然臭豆腐除外～）

對於衣著，大王也保持一貫的摳……節省美德，只要還能掛在肩膀上的，就叫衣服！大王有破破洞T恤、破破洞四角褲、破破洞睡褲、破破洞牛仔褲……，一整套的破破寶貝系列。有次穿著破破洞四角褲，因緣天注定般的就那麼剛好地搭配到破破洞睡褲……

在住與行的方面，咱家大王也是保持最低消費程度：

難道是歐巴桑化已到了鬼斧神工的地步了嗎？在下居然能一路瞎扯到這裡才終於要切入主題：大王的堅持。

正如以上的描述，咱家的大王對日常茶飯事幾乎沒有堅持，只要不花錢都很好妥協，而大王這個人唯一的堅持就是「不接不送」。

送り　迎え
は　しねぇぞ！

大王唯一的堅持：
"絕對不接送！"

我呸！

面倒くせぇし、
する意味が分からん！
（麻煩死了、
且意義何在！）

老子才不幹！

對「接送」女友一事，有如老鼠屎一般的令大王鄙視與厭惡。（老鼠屎可能還稍微可愛一點！）

雖說在日本的交通方式主要是搭電車，再一切靠步行，但跟我國日漸嚴重氾濫的「公主病」相比，日本比較流行「可憐兮兮博同情的阿信堅強好女人」，所以日本女孩們自然也較不視男友的接送為必備的基本義務。

所謂義務就是一定要遵守與履行的必備條件，不遵守就等著抗議絕食、砸雞蛋、潑油漆，最後被罷免掉，你都還莫名其妙，不過就是跟她商量上班好累，以後不接她下班而已，都能滿頭臭雞蛋，還被甩掉!?

跟日本友人抱怨大王不肯接送這件事居然得不到半個人的共識…

うん？どこが不満なのか？ちょっと…

？

嗯？不懂哪裡不滿耶…

我友而不習慣接送耶
自己來去比較
自由啊

←堅強獨立の
日本女性！

啊嗚八～
好悶～

日本不流行公主病的嗎～？（台灣被寵壞病貓代表人）

總之在日本，男友的接送並不納入必備條件就是了。

孬種如在下，當然也不可能用河東獅吼要大王來接老娘回府，是在
那偶爾的、逼不得已的非常時刻，才會打電話跟大王求救：

下班趕去 超市搶買週末的食材、
大瓶裝飲料、大王今晚的便當等（真的提不動了）

抱歉 不小心買太多了，可以
麻煩來接我嗎？

誠惶誠恐 →

便當要另外拿
不然會倒…

超市 走到家（約20分鐘）
大王 騎車 （約7分鐘）

ハァ？なんで俺が行かなきゃ
いけないんだよ！
知らんわ！（ガチャッ！）

蛤？為何老子非去接不可啊！
干我屁事！（掛！）

（※再度提醒各位：要習慣大王的毒舌、
他只是嘴壞…不然就是正在打魔王關、會跟吃到炸藥一樣…

結果，還是提著快提不動的兩大袋，自己一路慢慢走回家……

有一次，新宿購物商場冬季大拍賣，在下當然是義不容辭、理所當然的殺入戰場。這次的目標物是雙一柱擎天、恨天高過膝的高跟長靴。

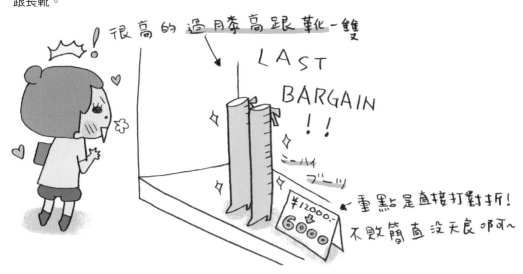

敗家如在下，當然是二話不說地衝進店裡給它敗下去，隔天興沖沖的穿去上班招搖……

然後下了班，買了大王的便當，準備去搭電車回家，慘案就發生了……（大概是天譴><～）

下了電車走沒三步 双腳就 磨出水泡了…

激痛！

每走一步都
錐心的痛呀 →

痛
超痛
痛

雖說在下也知道大王只有那唯一的堅持，人家不嫖、不賭，也不吸毒，在下應該燒香拜佛，叩謝眾祖宗保佑了，但人就是犯那個賤，有時候就是會抱一絲希望，期盼奇蹟出現……

抱…抱歉…這次是真的不行了，
腳痛到不能走，可以麻煩到
車站接我嗎？

車站走回家（約15分鐘）
大王騎車 （約5分鐘）

ヤダ (ガチャッ！)

才不要 (掛！)

裝可愛看看…

ㄈ生在路邊求救

會發明「女人當自強」這句話，自然是有其道理，在路邊呆坐了約10分鐘後（從被掛電話的打擊中恢復是需要時間滴……），終於才悟到此真理。痛定思痛（人在處於絕境時更容易激發出潛能～），冷靜的評估了露宿街頭一整晚的風險，與被異樣眼神關注的稍微丟臉……幾番掙扎取捨之後，在下很沉著的──

脫掉恨天高提在手上 另一手提大王的便當
一步一腳印的光腳走回家（在那繁華新宿街頭…）

對於「如何能搞到很丟臉」這件事，在下大概有那得天獨厚的特殊才能……

P.S.怎麼沒有搭計程車的選項？有是有，但在日本的住宅區，計程車少之又少，況且在前一晚的歡樂敗家時早已口袋乾扁，哪有資格搭那起跳就要二百七十塊台幣的貴鬆鬆日本計程車啊～

提著這雙恨天高靴 一步一腳印走回家……

日本職場攻略

要在日本職場工作，門檻其實說高也不會太高，只要熬過那令人背到半夜三點很想拿頭去撞牆，看看會不會一撞就能撞通任督二脈的拐彎抹角日語文法，再放下那所謂的身段、自尊，或什麼個人主義，然後再忘記什麼叫休閒娛樂、什麼叫休息、什麼叫發燒就可以請病假（額頭貼個退熱貼，大家照常上工～）。

還有，忘記那下班走出公司門口夕陽曾經有多美好，或是什麼叫跟家人一起吃晚餐、陪老媽去旅遊的天倫之樂樂無窮是什麼鬼東西……

退熱貼

好…好久沒見到下班時的夕陽啊～如此耀眼～

○○株式会社

○○商事

每天都被榨的乾巴巴命剩半條的下班

什麼叫休假時間的興趣嗜好、什麼叫人生的意義……這一些在短短數十年人生中一點都不重要的屁一般的俗事，跟能夠進入日本職場去給人家使來喚去、倒茶、影印比較起來，算得上什麼呢？

是洋蔥嗎？
為何我眼角濕潤著...

← 倒茶 打工時代

好嘛，不拐彎抹角的藉機哭么了，趕快來講主題。
什麼叫「日本職場攻略」？
因為日本的職場非常注重禮儀、員工態度、對客戶的尊重等等，職場內從上到下、從左到右，全都非常彬彬有禮，客氣到令人反而忍不住會很想道歉的程度。

日 本 職 場

・無時無刻禮貌的鞠躬
・需要使用敬語
・上班時間不講私人電話或處理私人事務

おはようございます

對同事也必恭必敬

台灣職場

・鞠躬？那是啥？(打烊時的百貨公司送客時才看的到的那種嗎？)
・敬語？有盡量少用"國粹語"算不算？
・上班時間就是快樂團購或下樓繳水電費，才叫有效率咩

團購頁面

等等去繳電費

當然，一樣米養百百種人，人家日本人也是有各式各樣的個性，不會是打娘胎出來一見到人就會「喔嗨呦狗仔衣媽思」，還來個四十五度大彎腰鞠躬滴。在下也是進了日本公司之後才赫然發現，原來人家他們是有「日本職場攻略本」的！

攻略裡，從打哪種招呼、需要鞠躬幾度到幾度、服裝儀容、從頭髮到鞋子的規定、電話響幾聲一定要接起，到與客戶交換名片的方式……可說是鉅細靡遺、應有盡有，怕你不懂，還附上圖片清楚說明哩！

日本 職 場 攻略

公司的職員都会
參考遵守各項規定
的攻略本 →

仕事のマナー
ビジネスマナー

宇宙萬物的
終極解答
就在這一本裏了！

每家公司都有各自的攻略本，供社員使用。不過一般書店也買得到全國通用版的日本職場攻略本（給還沒進公司的新人參考用），種類族繁不及備載。

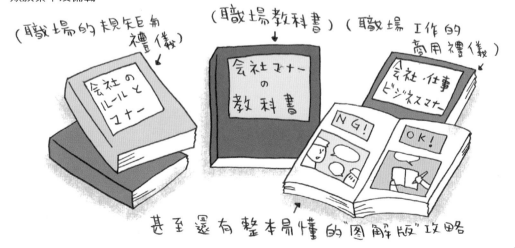

（職場的規矩、禮儀）
会社の ルール と マナー

（職場教科書）
会社マナー の 教科書

（職場工作的 商用禮儀）
会社・仕事 ビジネスマナー
NG! OK!

甚至還有整本易懂的"圖解版"攻略

因為日本職場非常重視員工的規矩和禮儀，所以這種講得很詳盡又易懂的攻略本每年四月都熱賣。（四月是日本社會新鮮人進入職場的季節，所以社會新鮮人們都很忙的會買本攻略本來研究先～）
講得落落長，現在趕快來翻開攻略本，看看是寫了些什麼小宇宙永恆真理在裡面吧！

攻略一：挨拶（打招呼）

光是在職場跟同事打招呼，都很明確的規定什麼時刻應該使用什麼招呼語。（不會是職員A講「你早」，職員B講「早啊，吃飽沒」的三三兩兩隨意打招呼就行了～）

打招呼（台灣版）

早啊

今天這麼早

隨性的互道早安

或根本不用打招呼也行→

日本職場則是從早上踏入公司那一刻開始，見人都得打招呼。
（還得使用一定的敬語！）

打招呼（日本版）

歐嗨喲夠仔衣媽斯！

站好鞠躬→

歐嗨喲～
↑上司可講較短版早安

歐嗨喲夠仔衣媽斯！

見到人都要打招呼，對方也要回答

178

簡單列舉幾個正確的「挨拶」用語（打招呼用語）～

● 到公司或上午打招呼時：「おはようございます」（您早）

● 下班時（要跟大家說）：「お先に失礼します」（不好意思，我先下班了）

● 在公司內（走廊等）遇到同事時（認識不認識都要打招呼）：「お疲れ様です」（您辛苦了）

● 要外出時：出去的人說：「行って参ります」（我出發了）

　　　　　其他人則要說：「行ってらっしゃいませ」（您慢走）

● 外出回來時：回來的人說：「ただ今帰りました」（我回來了）

　　　　　其他人則要說：「お帰りなさい」（歡迎回來）

看到如此多的打招呼用語（還只是同事間的喔，對客戶還有別張要背），不難發現日本職場很注重團隊意識，同事間的見面、外出、下班等，都要跟大家打聲招呼（不像台灣是默默的來、默默的閃人），而被打招呼的人也得一一回應。

雖說好像很麻煩，但是對外出的同事來說，周圍的人說一聲「您慢走」、「您回來啦」，會讓人覺得和公司是一體的，好似不是自己出門獨自打拚，油然生起一種公司全員也都在幫忙聲援的支持感。

除了打招呼為第一基本攻略外，接下來就請你練這個——

攻略二： 身だしなみ（服裝儀容很注重）

這裡指的不只是外表的服裝儀容，還包括員工的語氣態度、化妝、香水味等等，統統都得注意，不要帶給顧客或周圍的同事不舒適感。以下為簡單的服裝儀容自我檢視要點：

【 男 性 篇 】

髪の毛が 乱れてないか
整髪料の 香りが 強すぎ
　　　　　　ないか

（頭髮是否雜亂，
　整髮劑的香味是否刺鼻）

ワイシャツやズボンは
汚れて いませんか
アイロンをかけてますか

（服裝是否有污垢、
　有燙平整嗎）

鼻毛、ひげ、爪の手入れ
は十分か

（鼻毛、鬍子、指甲等是否整潔）

香水、口臭、体臭などを
十分に気をつけましょう

（香水是否太強烈、口臭、体臭
　等都要十分小心確認）

仕事のマナー
ビジネスマナー

お辞儀したとき、髪が
顔にかからないか
化粧が濃すぎないか

髪型是否整齊鞠躬時
会不会亂掉

襟や袖口が汚れていないか

領口及袖口是否保持
整潔

香水がきつくないか
アクセサリが派手すぎないか

香水是否太濃太刺鼻
飾品配件是否太過誇張

スカートがしわになっていないか
丈は短すぎないか

裙子是否有燙平整
長度是否太短

實際上，在下的公司雖不到如此嚴格的地步，但也相去不遠。大家
都會自我檢視服裝儀容，但這點對外國人來說就滿有抗拒感的。

（人家不要穿死板板的套裝嘛～）

職場にふさわしい服裝で よねがいしたいが... スーツとか

麻煩穿適合日本職場的服裝來好嗎...（套裝之類）

自分の個性が
死んでしまうので
嫌です

あ、さり断る...

重視企業形象的
日本職場人事部

（可是會喪失個人
風格 我不想耶）

← 抬頭挺胸的拒絕
（被大王發現会被揍飛）

← 永遠的帽T與短褲

重視個人特色的台灣小職員

因為不是沒經驗的社會新鮮人，所以還可暫時被原諒。

其實除了看得見的外表，日本人對於自己的「味道」是否會帶給別人困擾最為在意。除了香水味會小心不要太濃，連吃飯時大家都因為怕味道會帶給別人困擾，所以很少人帶咖哩便當或吃咖哩泡麵。

不会有太強烈味道的便当

大多会避開味道很重的咖哩

↑日本便当都没有太重的辛香料
（好懷念中午吃
　　　　　臭臭鍋的時光啊～）

也不敢再帶長相可怕（例如雞腳、雞脖子）的便當來公司，怕影響他人。（詳情請見《接接在日本1》）

攻略三： 出社の時間（準時上班）

在台灣，準時上班指的是只要有在最後一秒滑壘進公司，管你是否手上提著皮蛋瘦肉粥和大腸麵線，嘴上還咬著美又美漢堡蛋，準備在位子上大快朵頤什麼的，都算有準時來上班。

台灣

砰！

安全上壘～

↑大都是為了買豐盛早ち而遲到...

但是在日本職場的準時上班，指的是在上班時間十分鐘前，你已經
吃完早餐、看完mail，準備好進入工作狀態，才叫做「標準時間上
班」。

社会人は遅刻嚴禁です
遅くても、始業開始10分前には
席に着いて、仕事がスタートできるように準備する。
（社会人 絕對是嚴禁遲到
　　最遲也得在上班時間的10分鐘前
　　做好隨時可以開始工作的準備）

日本

還有10分才9點
但已經早到
並且開始回信件的
← 認真日本同事

有時快遲到，在三分鐘前滑壘到位子上，就只能把早餐藏起來，快
速開機，並進入工作模式。
好懷念一邊吃早餐，一邊摸半天才願意開始工作的台灣時代呀～

而日本上班族有時候會因為電車的遲延而遲到（因為颱風或人員事故等造成的日本電車遲延），就需要在車站裡拿張叫「遲延證明」的紙張，到公司去證明是因為電車而遲到的。

有陣子常睡太晚而遲到，後來自作聰明的想到跟車站要遲延證明，來假裝是因電車而遲到的（真是冰雪聰明啊我）……

遲延證明をお願いします！

請給我遲延証明！

請問您是哪班列車呢？

山…山手線…

山手線今天沒有遲延啊

← 完全被拆穿…

桌上的是

"埼玉線"的遲延証明

再仔細看一次，原來在遲延證明上日期、時間、路線都印的很清楚，我的詭計完全無法得逞（這就叫一山還有一山高!?），唉～腦筋都用在這種偷雞摸狗的地方，還不怎麼高明才慘……

遲延証明書
本日、当駅到着の電車が 15分遅延 ← 遲延時間
したことを証明いたします。
大変、ご迷惑をおかけいたしました。
年 月 8 日 ← 日期
東京都交通局
R100 　　 N 新宿 ← 新宿車站的JR線

攻略四：名刺の交換手順（交換名片的步驟）

交換名片的順序？名片不就是從口袋掏出來，互相遞給對方，然後若有似無的看一眼就塞到口袋裡，最後回家要用時怎樣也找不到的那個東西嗎？有什麼順序好講究的？

No～No，在日本交換名片可是大有學問滴，一個先後順序或高度位置擺錯，可就造成了非常失禮的誤會哩！

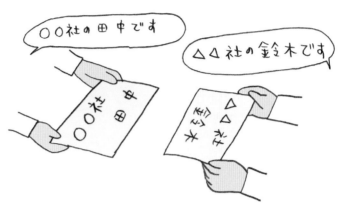

交換名片的程序與注意事項如下：

1. 拿出名片的同時，也簡潔的重述一次自己的公司名、部門、姓名。
2. 以雙手遞上名片，切勿給對方顛倒方向的名片。

185

3.交換名片時，若正好坐著，也一定要站起來再慎重交換，而且不
　能隔著桌子，要好好的站著，面對面才交換。

不要隔著桌子,所以站到桌子旁邊 再交換名片

↑比對方低

※ 晚輩(或部下)要先遞出名片
　且注意 "名片的位置" 要比上司低!(謙虛)

4.交換名片的順序一定是晚輩（或部下向上司、服務單位向客戶）
　先遞出自己的名片介紹自己。同時遞出的話，就是都用右手遞
　出，左手收回對方名片後，馬上雙手拿著。
5.懷著謙虛態度，遞出的名片位置要比對方的名片稍低。

到這邊，都還只是準備動作，名片還沒交給對方哩！在下光是記程
序就頭昏腦脹，實際運用時都會卡關……

要 雙手遞上. 且 雙手接回名片 .. 同時的話
要 右手遞出、左手接...然後...
　然後還有什麼來的...？
交換名片已經夠緊張了,
腦中還默背攻略的步驟
○○会社の△△△と申します...
↑同時間還得自我介紹
（手忙腳亂心慌慌）

僵

硬

口口の山田です

啊！←想起來了
名片的位置比我低!!　不行不行!

突然換低位置 害對方要拿名片時
撲空一次…

因為太專心背步驟而
手忙腳亂的結果…
犯了最大的禁忌

"將對方的名片 掉到地上"

まぁまぁ
緊張しなくても
いいですよ～
沒關係啦
不用太緊張
(幸好對方是大好人～)

6.一直到這裡才真正接收到對方的名片，（慌張的一邊道歉，一邊
　撿起來……）這時還得講規定句「接收您的名片了」（頂戴いた
　します），一邊兩手拿取對方的名片。

7.收到對方名片時，要仔細的記住對方的公司與姓名，之後慎重的
　放在桌子的右上角，以便隨時會需要提到對方的資訊；而這樣也
　很容易在會議中就將對方的臉孔、姓名和公司名記住了，並且對
　方的名片被慎重的放在桌面上，也會有被尊重的感受。

攻略五：電話応対のマナー
（電話應對的禮貌）

日本人接電話，一般都是接起來後直接回答「摩西摩西」，但如果在職場中接起電話回答「摩西摩西」的話，就麻煩請到人事處報到，接受員工再度訓練去。

- 3コール以内に電話に出ます
  職場的電話
  一定要在響三声內接起來

  （若超過三聲才接到 也一定要誠惶誠恐的道歉說「大変お待たせしました」
  （抱歉讓您久等了）

接起電話後要開始照以下的敬語問候：

（請特別注意，同樣一句話的日文與中文字數的長短，敬語的落落
長與饒舌度真叫外國人跪地求饒～）

① はい、○○（会社名）でございます ← 這麼長的一句敬語

您好，這裡是○○公司

○○会社の△△です

（對方）

我是○○公司的△△

② いつもお世話に
なっております

經常承蒙您的照顧
（不管有沒有被照顧過
都要這麼說）

信不信由你，從接起電話，一直到現在才要講到重點：

鈴木さんをお願いします

（請找鈴木桑）

若鈴木桑在，那就好辦，只要說

③ 鈴木でございますね
かしこまりました
少々お待ちくださいませ

鈴木桑是嗎？請稍等。

← 看看這字數

呼！

若該死的（因為不在位子上，我就得多說好多敬語……好挫）鈴木
桑剛好去廁所或不在公司，就得說這麼多句：

③申し訳ございません。あいにく 鈴木は外出しております。午後5時頃帰社予定でございます

非常抱歉 鈴木很不巧的外出，予計下午5点左右会回公司

（還沒講完喔..）

←舌頭不打結才有鬼

④戻りましたら、ご連絡致しましょうか

待他回来了讓他連絡您 好嗎？

（要誠惶誠恐著講「落落長」的敬語）

⑤かしこまりました 恐れ入りますが 念のためお電話番号 お願い致します

了解了,真的抱歉保險起見 留一下您的電話好嗎？

然後就是慌張的一邊聽對方的日文，一邊寫下留言。（同時還得一邊回話～）

攻略本之所以被稱之為攻略本不是沒有原因的，裡頭教導的項目細膩到連留言紙條的寫法都有一定的規則：

【伝言を受ける時に必ず必要なのは】
（留言紙條上必須寫下的項目

• 相手の会社名、部署名、氏名
（對方的公司名、部署名、人名）

• 誰あてなのか
（對方要找哪位）

• 電話の要件
（關於什麼樣的內容）

• 自分（伝言を受けた人）の名前
（自己的名字）

• 受信時間
（接電話的時間）

啊呵～

慌

各位看倌有沒有發現，不過是接起公司電話短短的五分鐘時間內，一個外國人就要背出幾句固定的招呼語（且每句都比同義的中文字數多好多個字，不僅落落長，還要流利的講完⋯⋯），同時對方含糊又快速的講完他是「馬嚕杯泥卡不西氣蓋下 媽可聽股諾卡八撒挖得斯」⋯⋯（有沒有三⋯⋯三小聽不懂又霹靂長？要一邊接電話，一邊寫下來⋯⋯）

公司名經常是落落長的片假名（外國人在下殺時手）。

（筆抄）あ、"馬嚕懋泥卡不西気 蓋下. 媽可聽 股 諾 卡八 撒 挖 得斯"
↑有夠長公司跟部屬名⋯

哇哇哇 哇 剛說是什麼公司的誰來著⋯
↑
自己講完 "承蒙照顧" 那句後. 就全忘光光之前 對方說的落落長名字⋯

い⋯いつもお世話に なっております⋯
（經⋯經常承蒙您的照顧⋯）

先澄清一下，在下只不過就是學會日文而已，並不等於同時就突然擁有了能聽懂快速又含糊不清的日語，並同時間可以流暢的一邊背出規定的招呼語，還在同一分鐘內必須一邊發腦波使右手自動截取客戶訊息，寫下對方的完整公司名、部門名稱，還有很難懂的日本名字的「超級腦能力」好嗎？（拭淚～）

P.S.「馬嚕杯泥卡不西氣蓋下 媽可聽股諾卡八撒挖」＝「丸虹株式会社行銷市場部の樺沢桑」。

戻りましたら、折り返しさせていただきます⋯
待他日未後. 馬上向您回電⋯

一邊回想 一邊還得繼續落落長敬語

馬嚕⋯撒⋯然後是什麼～

←一邊講敬語就無法 同時記下對方資訊⋯
（我需要 双 CPU腦⋯）

←來不及変換日文(腦中) 常常失寫下中文再說⋯

慘了⋯

P.S.漏聽對方資訊是可以再問一次啦，但對方總是同樣的快速又含糊不清的再說一次，所以結論還是同樣聽不懂，而且⋯⋯更重要的是⋯⋯我很孬的，沒那個種再問一次><

不用說還要再背一句「在下真是該死，抱歉沒有聽清楚，勞煩大人您再說一次」的落落長規定用語⋯⋯

我只想說，要外國人去接電話真的是一件很殘忍的事啦～

（絕……絕對跟本身能力差，或只是藉口，或根本就懶惰不長進，絕對沒有關係……，真滴！我拿我們家妞妞的狗餅乾保證！亂講就給它爛！）

嗯？那在公司接私人電話要怎麼辦？

在台灣就是直接接起來，頂多講小聲點，別大聲嚷嚷，別讓老人家聽見也就得了。但在日本的話，將個人手機切成「靜音模式」是絕對常識，接到私人電話還得趕緊衝到部門外的走廊才能接起來。

以上為日本職場攻略的冰山一角，小小簡單介紹。

（盡量想寫精簡了，沒想到還是又臭又長，您原諒在下就是很有這種講半天講不到重點的超能力……）

啊～最後來提一下，在下小的第一天正式到職場上工的情況。

一早去人事處報到後，就得去向各部門正式打招呼與自我介紹：

一生懸命 頑張 IIますので
どうぞ よろしく お願い致します！

日本公司 職員們 ↓

腦袋一片空白
眼冒金星
緊張

在幾十双眼睛注視下，用日文講完心臟快停的自我介紹

後來回到位子，休息一下，想說去洗把臉振作精神，在走廊時，才終於回魂……

呼～終於結束了

深呼吸～
正放鬆心情時…

呼～ 差點屍掉～

あ！ジェジェ！
啊！接接！
（突然聽到有人叫）

直覺反応的回答

おっす！
（喔斯！）
↑
錯誤的開始…

←爽朗的回頭…

！
あ！啊！

「直覺的」回頭就回答：「おっす！（喔斯！）」
P.S. おっす！（喔斯！）為街頭年輕人或不良少年間用的招呼用語，那一陣子跟大王看搞笑節目時常聽到，日常生活中也常在開玩笑時使用，瞬間（繃緊神經突然放鬆時）忘了正在職場……

第一天上班就對社長大不敬……
（淚奔～）

……

お…お…す…
喔…喔…斯…
社長

←本社的社長大人…

大王他們家共有四個兄弟姊妹：大王是老大，大妹莎娜繪，二妹亞優依，小弟匕口。

四個兄弟姊妹的個性很明顯的分為兩派：大王與大妹莎娜繪，為戰略頭腦派（沉著冷靜）；二妹亞優依與小弟匕口，屬於樂天玩樂派（在下也是！傻呼呼還很吵鬧）。

老大
大王

大妹
莎娜繪

二妹
亞優依

小弟
匕口

はら=3

やはは～

鼻屎追逐戰

戰略頭腦派
（沉著冷靜）

樂天玩樂派
（一直都很吵）

而大王的爸媽也很特別，並不會特別寵老么，反而是寵老大。
（上次一起回大王老家時，翻開大家小時候的相簿，證據就歷歷擺
在眼前……）

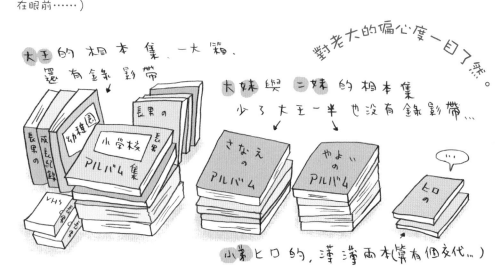

大王的相本集一大箱。
還有錄影帶→

對老大的偏心度一目了然。

大妹與二妹的相本集
少了大王一半也沒有錄影帶…↓

小弟ヒロ的，薄薄兩本(算有個交代…)

那次從大王的家庭錄影帶裡（難得大王全家相聚，一起看小時候的
錄影帶回味），也多少可以看出兄妹的感情。影片裡有一段是大王
和大妹莎娜繪一起在路上走著：

兩兄妹（約四、五歲）路上出現一隻野貓
大王馬上跳過去保護妹妹

あぶなーい！怪物だぁ！
（危險！怪物出現！）

走開！

喵？

（雖然妹妹一點都不害怕…）

然後，是二妹亞優依與小弟匕口，兩個人一起玩到髒兮兮回家，卻只有小弟被大王揍：

雖然有這樣的惡霸哥哥（不管誰錯，只揍男的～），依舊阻擋不了小弟匕口每天皮很癢的幹出很多令人哭笑不得的事。（同樣身為皮在癢小鬼，我懂～拍肩）

小弟匕口的調皮搗蛋程度，簡直就是真人版的《花田少年史》，讓全家頭痛不已。

（通常是最後被大王揍一頓，但隔天就又忘記，繼續皮癢搗蛋……）

這樣很皮的小弟匕口，
小學時，有一次在回家
的路上，突然肚子絞痛
起來……

這樣羞恥的事件，一定會被全家無情的恥笑
（尤其是惡魔大王～），匕口咬著牙，小小
的心靈中默默的下了重大的決定：

把沾著證據的內褲脫下，往
窗外丟的遠遠的。

後來姊姊、哥哥們陸續放學回家，一起吃著媽媽準備的放學點心時……

心中有不祥預感的ヒロ，走到了客廳看見……

心急丟棄證據的小弟ヒロ，年幼的他忘了一件很重要的事：

原因↓

上面寫著名字的證據小褲褲。

ヒロ…內褲上有寫名字的啊…

（此一天才ヒロ事件，一直到現在都還會被全家人不時拿來恥笑）
大王說，鄉下地方左右鄰居都很熟，只要看名字，即使只有「ヒロ」二字沒寫全名，也知道是哪家的小孩。

這樣的天才ヒロ，自小就有著一顆純真的心，每天跟著哥哥一起看風靡全日本小男生的《七龍珠》卡通，看得著迷不已、廢寢忘食的天才ヒロ，他天才級的著迷行為跟一般小孩不大相同……

さん～と～うん～
（筋～斗～雲～）

↑
每天都要爬上屋頂、大聲的召喚筋斗雲

打從心底相信筋斗雲終有一天會飛來的天才ヒロ。

身為老么，自然哥哥姊姊玩什麼，他也就愛跟著玩什麼。中學時，
大哥迷著重金屬搖滾樂，二姊和三姊則興起學吉他和貝斯的興趣。

過了一陣子，姊姊二人組意料中的對學吉他、貝斯膩了，丟在一
旁，終於輪到天才ヒロ了。如獲至寶般的接收姊姊的吉他把玩，但
是不愛依照說明書按部就班，一切憑直覺摸索的天才少年ヒロ，完
全不知道吉他的彈法……

說也奇怪，一向沒耐心，應該也很快就會對吉他膩了的天才ヒロ，
意外的每天一放學就拿著吉他東彈彈西彈彈，漸漸的也就越彈越好
了起來。

一直到現在，天才匕口平常雖然還是很天（下次再爆料！），但是天才不愧是天才，匕口除了無師自通的超強吉他彈法，也會作詞、作曲，真是皇天不負苦心人!?

長大了的 天才匕口弟弟
（很天 的"天"）

無師 自通的
自流 派吉他功力

還是很純真→

大王家的兄弟姊妹

接著說：

天才匕口從小就大頭大頭下雨不愁。

跟溫柔的媽媽一起坐雪橇。（媽媽平時都是輕聲細語的，被天才匕口氣到才會難得大吼）

天 才 匕口

中秋烤肉
萬家香？

中秋節是華人的三大
節日之一，其重要的
程度與連續盛大慶祝
好幾天的春節，還有
以吃粽子、包粽子、
送粽子為中心活動的
端午節並列三強。

華人圈的 三大節日

元旦 春節

端午節

中秋節

光只有月餅與柚子沒有大長輩慶祝感

早已玩膩
→柚子頭

←把柚子皮
切成假髮玩

對愛熱鬧轟趴的台灣人而言
就是少了點什麼..

某年，廣告商在媒體大喊：「中秋節烤肉，一家烤肉萬家香！」

怪怪不得了！這句口號快、狠、準的點中了台灣鄉民的穴道，不僅
那家廣告的烤肉醬大賣特賣，還造成台灣人每逢中秋賞月都要邀集
親朋好友一起戶外烤肉，至於月餅、柚子嘛～只好淪為配角啦！

就如同日本的情人節，在廣告商喊出情人節要搭配告白巧克力後，
也點中了日本年輕人的喜好，從此情人節和送巧克力正式成為一個
套餐。在日本說到情人節，就想到巧克力，跟台灣的中秋節等於烤
肉大會一樣，已經變成理所當然的事了。

204

那麼，在下小的我流著純正台灣人的血液，中秋節一到就自然會出現「我也好想去烤肉啊～」的生理與心理反應，特別是看到網路上親朋好友的名稱統統顯示為「今晚要烤肉耶！」或「烤肉烤肉超期待」時，唾液的分泌一觸即發，根本無法克制。

人就是犯賤，而在下犯的正是無可救藥的賤中之賤──越不在台灣，奇怪，我就越想吃豬血糕和蚵仔煎！

隔著遙遠海峽，瀏覽著網路上好友們的歡慶烤肉ID名稱，腦中如走馬燈般湧起過往跟著同學、朋友歡度中秋烤肉的情景，有去海邊烤、去溪邊烤、去山上烤、去郊區烤……

後來，漸漸失去年輕氣盛的體力，改成在市區公園烤，或是誰誰誰
家附近的河堤烤。

● 在公園 烤 肉 ♡

最近幾年，則以隨便啦～樓下門口烤或誰誰誰家公寓頂樓烤為主流
（越老越懶）。

● 在 樓下的 門口烤肉 ♡

光是思念怎麼行？神經大條又天兵的人有個優點，那就是特別容易
「坐而言，不如起而行！」想做就去做，趕快積極採取行動吧！
（雖然大多時候會被大眾解讀成「橫衝直撞」、「魯莽衝動」，或
「長點腦好嗎？」……）

在下就是不怕挫折（腦袋瓜沒有，勇氣倒是滿充沛的，雖然我不知那該叫勇氣，還是白目……），所以我不要坐在這裡眼紅流口水，既然想烤肉，那就來烤嘛！中秋節不烤肉，那我拿什麼臉回台灣見鄉親父老呢？

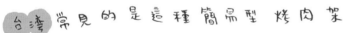

行動 派 馬上 衝去 超市 採購 烤肉用具

烤肉架、烤肉架… 咦？

食器

○○ 整個 超市 就是 找不到
↓ 台灣常見 的 那種烤肉架

？

？

=3 =3 =3

超市 轉了 好幾圈 還是 沒有

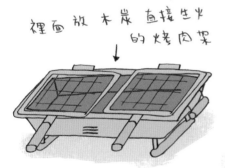

台灣 常見 的 是 這種 簡易型 烤肉架

裡面 放 木炭 直接生火
的 烤肉架
↓

也有 這種 比較 豪華的 美式烤肉架

找不到簡便烤肉架，沒關係！在下的烤肉欲望可不會因此輕言放棄，於是打算找簡易瓦斯爐（可以生火就好）來取代用烤肉架。
（應該可以吧？）

日本的 簡 易 式 瓦 斯 爐 台

從這裡可更換
補充式瓦斯罐

GAS

カセットコンロ

但……

價格不便宜，最陽春的也要台幣要1800起跳。

所謂，「吃人嘴軟，拿人手短」，還在語言學校牙牙學語的無謀生
能力米蟲一隻，沒有那個狗膽先斬後奏，所以只好先放回瓦斯爐，
今日先打道回府請示大王陛下，等陛下批准了再來敗吧！
於是黯然走出超市，帶著失落感迎向沒有烤肉的中秋夜晚，就像嗯
嗯後沒擦屁股一般，就是有種不完整感……

準備迎向沒有烤肉的中秋節

失落 →

倒是買了一袋
啤酒出氣…

晚上大王陛下回府，心懷鬼胎的家臣當然不敢懈怠，趕緊上前提包包迎接大人。

隨後馬上開口跟大王提起我的烤肉計畫……

就這樣，任由中秋節沒有配烤肉的時光空虛流逝⋯⋯

隔天，帶著不完整感與滿頭疑問去日語幼幼班上課，勉強用一開口就想自己掐死自己的破爛日語問老師：「日本的中秋節難道沒有在烤肉的嗎？」

聽了老師的說明才知道，雖然日本也有保留舊曆八月十五賞月的習俗，但並不是重要的節日，也沒有全國放假、舉國歡騰，只有代表性的擺個「月見團子」（麻糬）與「すすき」（芒草），外加靜靜的賞月而已。

日本的 十五夜 (じゅうごや)

会擺上 15 顆 月見団子 (代表十五夜)

與芒草 (降魔祭神) 以及一些秋天的果物等
然後欣賞 中秋の名月

這…樣…而…已～

是滴！原來中秋節在各國文化所占的重要性都不大一樣。
那天，在日語班上和同學們交換了中秋節情報，才真正體會到各地習俗的相異之處，大家都被震撼教育了一下。

一樣的旧曆 八月十五 那天：

日本　　中國　　香港　　韓國　　台湾

靜靜的賞月　　都放假、且舉國盛大慶祝

月餅、祭祖　　外加提燈籠　連放三天大假　月餅外加烤肉

世界各地 各有不同的 八月十五 習俗

211

雖說中國、香港、台灣和韓國都會盛大慶祝，算是站在同一方，但
台灣的中秋烤肉還是讓大家不太能理解……

算是被遵守傳統的其他民族質疑（也可稱之為圍剿）了一番之後，
終於找到機會問老師我的重點啦～

原來……終於要講重點……

在日本是不能隨意隨地生火烤肉的！

（還有放煙火、鞭炮、露營也都不能）

無論是空地，還是公園、河堤，若要舉辦烤肉或放煙火等，一律要
先跟當地的「管理事務所」申請核准，並遵守條例才准辦。

在日本，不能隨地生火烤肉是基本常識，所以很多地方並不會特地
貼警告標語。

（就像不能隨處亂噴漆是國民常識，所以不需要特意到處貼警告一
樣～）

所以……
來自到處都能歡樂烤肉國的台灣人在下，要不是因為執念太重而死
纏爛打的追問老師，也無視大王根本懶得理我，再加上剛好身上還
有閒錢夠買簡易瓦斯爐。
然後……
純粹基於在台灣多年的節慶習慣，而下樓快樂的擺架烤起肉來的
話……就可能是這樣的結果：

……差點變成在日本某個刑務所裡面寫懺悔日記咧!?

我的媽呀！

(被自己的白目天兵行為差點要變成國際罪犯，嚇出一身冷汗……)

最後，與咱們到處都可歡樂烤肉的鄉民共勉之：要惜福啊～
在日本就不是「一家烤肉，萬家香」，而是「一家烤肉，萬家都會
報警處理」滴！

台灣居之近況更新

最近，在下和大王的生活形態有了新的轉變，主要是大王原本的工作將加入智慧型手機的App開發（據點在台灣），但日本這邊的案子也得繼續，所以變成在日本住幾個月，然後台灣住幾個月的工作方式。

根據嫁雞隨雞的原則，在下也就趁亂收拾行李，硬要跟著回到朝思暮想的可愛寶島，所以在下的生活形態也就跟著改變。（一起台灣住幾個月，再回日本住幾個月～）

喔耶!

大王的計畫都還沒講完就猴急的要打包回國的行李

お前...仕事どうする？
...你的工作怎辦？

隨時準備潛逃回國的行李箱

不重要啦那個～
（事業關心度接近零）

原以為要徹夜長談，商量是否要單身回台灣赴任的...

215

多虧網際網路的發達，以及平常有事沒事都會狗腿老闆之福報，再三拜託下，在下的工作也順利的改成彈性外聘制，才能實行一半住日本、一半回台灣之計。

（證實就算不燒香拜佛，每天早晚沒事去抱抱佛腳，總有一天就是會派上用場的啊～搓手）

愛心小提醒：因為老闆是韓國人，所以才能套交情開特例，還可以開玩笑；若為日本老闆，請千萬別用這招，會被直接被丟出窗外的啊～

總之，在下的工作問題，使用狗腿手段順利解決了（簽證也因為是結婚簽證，所以兩邊跑沒有問題），一切敲定後，短短兩個月內辦好手續、寄送行李、確定台灣居所後，分別先後飛回來處理一切在台灣生活的細節等等雜事。

台灣的家

堆積成山的日本寄回來的行李
↓

大王的外國人簽証、健保申請單、
護照、待申請表格等…

再忙翻的家具→

與日本公司的視訊設備（最先搞定）

短時間內有太多雜項要細心處理，兩人都身心俱疲的乾瘦了兩、三公斤。

因為台灣臨時居所要處理的細項大王比較不熟，而我也忘得差不多光是垃圾要買什麼垃圾袋、怎麼分類都停留在八年前的回憶，所以處理起來特別花費精力……，好啦，我是生活白癡，這一點占大部分因素啦……

在日本要寄行李回台灣時，去商店要紙箱，回程路上大王的帥氣!?頂頭功搬運紙箱法。

路人都在看，大王不愧是大王！果然有王者風範，完全無視一路上聚集的視線。

I go my way的大王……請受臣一拜！

終於收拾完台灣短期居留的住處。習慣了席地而坐的日式暖桌，突
然覺得有西式沙發真是奢侈啊～

掛著畫增加氣質？事實上，一幅是用來遮住
電表，另一幅是遮牆上破洞用的。

這是工作區域，終於可以不必跟大王共用一
台電腦了。（媽啊～我出頭天了～啊啊啊～
高興到流淚）
電腦後面是一堆亂七八糟、莫名其妙的電
線。（我藏藏藏……）

大王也有自己的房間，說是他玩遊戲的空間。

（我們跟房屋仲介提到要找有兩個房間的房子，其中一
間要拿來當遊戲室的。仲介說：「喔～小孩的遊戲室
嗎？」也沒錯啦！咱家長男的遊戲室……唉～）

雖然這只是台灣的臨時住
所，但是，我……終於有
自己的房間了！（灑小花
～）

打開大王的房間……看看這混蛋居然還亂成
這副德性！一問之下，大王陛下徐徐吐著菸
說，他整理好了……

（算小的多管閒事，臣告退～）

搞定台灣的住處後沒多久，大王開發App的工作就正式的展開了。
大王的工作內容為企畫統籌，算是遊戲製作人（企畫兼聯絡大小事
兼打雜用），聽起來很抽象，究竟遊戲企畫到底是要做什麼？遊戲
製作又是怎樣的過程？

在下就來簡單說明一下，遊戲企畫的工作內容及遊戲製作流程。
遊戲製作最基本需要以下幾個製作單位：
企畫統籌、美術設計、程式設計、音效設計。
在遊戲製作開始之前，企畫要先做好功課，寫好企畫書，然後向各
部門提案。

遊戲制作流程 (中期)

各部門制作期,企画要隨時協助解決大小疑問

這樣OK嗎?可是這樣比較漂亮~

我看看...

按鈕改橫的呢?

好,我去要~

這效果估容量大嗎?

企画~入場音效這樣如何?我又改了一下

企画~圖放

這個效果喔,另外美術的圖還沒給我~

企画~我這裏加

↑美術通常很任性

背後那個叮聲有夬太強了

我聽看看

遊戲制作流程 (後期) 各档案組合成程式語言

美術、音效設計去領便当休息

企画與程式每天加班趕進度 (交件時間逼近)

~所以這裏会有滑動機制,這一層圖会跑出来我設隱藏ok?

今天不用回家了

做不完...

每天加班

好,但是這滑軌可以調快一點嗎?

趕完了部門

剩半條命...

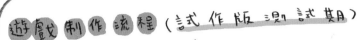

遊戲制作流程（試作版測試期）
美術、音效繼續休息
企画與程式公司打地鋪（要不斷檢查測試期）

奇怪～就是找不到這裏的Bug.
或許是上一層的問題～

上一層不是兩小時前才檢查過了.

呼～你的是什麼呀? 好香

玫瑰茶你要喝嗎?

累到吐血是基本配備

必需檢視一切,隨時調整

涼

遊戲制作流程（完成期）
程式終於可以休息（或死亡）
企画繼續爆肝 跟行銷部門開行銷方針會議等…

完蛋

幾十天沒回過家

好無聊喔～來圍貝購!

嗯!

還退不進死…

馬上馬上來

剩意志力撐著

美術與音效的幸福期很長

企画～可以開会了嗎? 行銷到齊了

←要準備報告的資料

如上述，一款遊戲的發行是需要各部門專業的攜手合作、配合無間，才能從苦痛裡一點一滴的誕生出來，每款遊戲都是每個製作團隊成員的心血結晶。

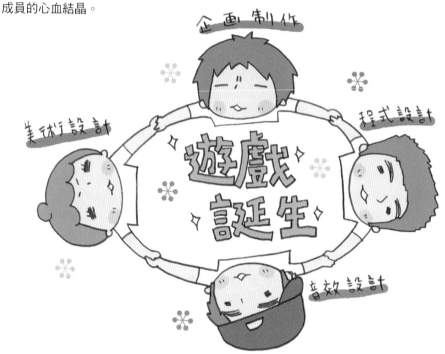

P.S.當然此為簡易版流程，還需要行銷部門、網頁活動部門、戰略統籌部門等等同仁的共同配合才能有效執行製作。

大王的初期企畫書手稿（大王畫的接接……噗嘻）：

另外，有沒發現，大王也是一下子寫日文，一下又會變成中文（在下也會常常不自覺如此，最後寫的只有自己看得懂）。

大王這次接的案子，其中有一支據說會做以接接為主角的小遊戲，
也就是說將來可以在手機裡玩接接遊戲！
（但重點不是這個！重點是～在下跟大王第一次一起工作耶～）

是喔♡那那你就 變我上司嗎？哇♡ 那我可以假裝
暗戀部長 然後終於鼓起勇氣表白.
然後就 跟部長 深情的 "0秋～～♡" 好嗎？？？

↑滿腦這種芭樂戀愛劇情

呀♡部長♡

↑一如往常的無視.省的
忍不住家暴...

畢恭畢敬

大王的企畫書說明中, 完全 沒在聽...

住家整理好的隔天，
大王就開始每天背著
包包去公司上班，而
在下就留在家裡繼續
日本的工作與《接接
在日本3》的繪製。

行ってきます～（我出門了）

行ってらっしゃい～（慢走）

在台灣照常騎車通勤的
跟本就台灣魂的大王
（拿國際駕照）

↑堆積滿桌的
工作

223

依照常理，普通小職員可以家裡就是職場，不用每天早上千辛萬苦擠電車，也不用跟上司交際應酬，能夠自由分配時間，省去舟車勞頓等煩人的過程，是多麼開心又幸運的工作環境哪！

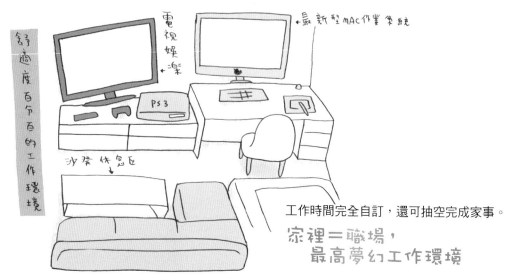

工作時間完全自訂，還可抽空完成家事。

家裡＝職場，
最高夢幻工作環境

照理說，身處如此舒適的工作環境，那工作效率理當更加倍快速、事半功倍才對，但一切就是敗在那「人性本賤」，在下又鶴立雞群、別出心裁的特別犯賤……每天睡到中午，東摸西摸後才不甘願的上桌工作，卻又一再分心於無聊小事上，遲遲不肯動工。

如此身在福中不知福，白白糟蹋時間的過了好幾週，直到終於發現圖稿沒畫出幾張，肚皮倒是肥了整整一圈（懶在家一直嗑零食），答應要給出版社看的進度更是早就拋到腦後。

與出版社連絡中

沒... 沒問題的啦... 進度差... 差不多啊...

空空如也的第三集目次表...

桌上零食的進度倒是頗快：

日本公司也的圖畫...

死了死了...

終於才警覺自己不能再如此醉生夢死下去，雖說在家工作是夢想，但對毫無自制力的在下而言，反而無法有生產力。

（給自由還反效果，偏偏就是欠人家拿鞭子抽才會往前跑個兩步，上輩子應該是驢子來的）

正當在下終於覺悟到這一點時，剛好隔天有機會去大王的新公司開會……

好好喔！還是在辦公室才會有工作的氣氛嘛～ ←怪誰

大王的老闆 ↓（人很好）

反正還有空位. 借你工作用OK啊! 不要客氣啦～

待會要一起開會

真的嗎? 太好了!

隨口提提，沒想到大王的老闆愉快的答應要借位子給我到他們公司畫圖。

正開心我的犯賤問題有了解決方案的當下，沒想到回到家大王嚴肅的說：

千拜託、萬拜託，想盡各種方法求了大王老半天，他老大才終於說出理由：

總之，結果就沒有到大王的公司借位子工作，在家裡沒人鞭策，也就只好自己認真點工作（雖然效率還是很差～），但這件事也就這麼不了了之。

直到幾週後，大王的App製作開始需要我提供接接圖檔，所以每天下班後，大王就會跟我開會討論圖像事宜。

因為沒看過大王工作時的樣子，剛開始滿新鮮、好玩的，但漸漸兩人的意見相異，於是摩擦越來越多……

然後，衝突也越來越多，每天見面的氣氛越來越緊繃……

就這樣危機一線間的不愉快氣氛持續了幾週，終於在一次的討論會議裡忍不住火山爆發！

因為公事、私事扯不清，且兩人對工作的態度相差十萬八千里，所以這次的吵架幾乎是從交往以來，至今最爆炸的一次。（差點氣昏頭，「離婚」二字就要衝出口的程度！）

默默離席去抽了一根菸回來的大王說：

是哩，各位尖頭饅，女生就是如此容易安撫，只要您說對了一句鑽石對白，我們可是很大人大量、不計前嫌的放下身段，和好如初的呢！（喔呵呵呵呵～）

捏捏♡再說一次 你昨天說什麼幾年的 要一直在一起 幾年嘛♡呼呵呵♡♡

肉麻當有趣 花開滿心頭

終有一天絕對會犯下家暴罪的予感..

咕

最後，一點也不重要！但是在大王的眼露凶光下，還是來跟大家介紹一下，接接App開發完成啦！
集大王的企畫，在下的美術，以及大王弟弟特別跨海合作音效而成的第一款接接App——「接接腦體操」，誕生。

接接腦體操

接著說：

iPhone App
《接接腦體操》

接接の脳体操
開始遊戲
每日腦診斷
設定

請在Apple Store搜尋關鍵字
「接接腦體操」
就有詳細介紹喔！

後記

一向自我管理能力不足的在下，樂觀到近乎無神經的自我催眠一切都來得及，於是懶人成性的選擇下班就一邊快樂的喝啤酒，一邊滾過來趴過去，怎樣也不肯面對漸漸堆積成山的畫稿……

最愛宅在家 滾來滾去(懶人哲學)

干物女發懶美學之忠誠信徒（身體力行！）

冰啤酒 →

ゴロ ゴロ

滾過來 滾過去♡

這樣的鴕鳥埋頭逃避法，終於造成……在最終截稿日的前幾週，都一腳踏進棺材了，才心慌慌月驚慌的欲哭無淚，也是很合理的……

一整軍空白的進度…

← 悔不當初

按照道理，任何正常的成年人都能臨機應變，沉著的處理危機問題，偏偏在下不只懶散成性，面對危機還抗壓度低於標準質很多，這種狀況下，冷靜的盡力去畫圖稿也就是了，偏偏在下心理年齡大概只有十三歲的程度，除了驚慌亂竄，也只會驚慌亂竄……

死定了　死定了…
←驚慌失神

處理壓力能力低弱的在下（要是去拆彈小組，大概緊張到隊長啥都還沒喊，就紅線、藍線不分的緊閉雙眼亂剪一通了吧），面對截稿的緊繃壓力，終於在剩下最後一週時爆發了！控制不住壓力的我突然就大哭了起來。

這種因為壓力而情緒大爆炸並非第一次發生，在下的人生經歷中，幾乎每逢寒暑假的開學前一天，一定是三更半夜在暗黑客廳獨自趕那白到不能再白的八大本作業集……

←全家人都不想理我的去睡大覺（明天開學日）

永遠最後一天才要寫作業

嗚 啊啊啊啊
寫不完啦～

←一個人在客廳一邊哭一邊趕作業

儘管累積了無數個悲慘趕作業的夜晚，這種拖到最後一天才哭著面對功課的習慣還是改不了。若要比「成長的速度」的程度，大概連綠豆苗都能輕易的贏過在下。

問題是，以往的這些不見棺材不掉淚的事跡，無辜的大王陛下並不知情。

就如同在下誤會我嫁的叫做可靠的肩膀，從此當公主、每天轉圈圈、跟小鳥歌唱啦啦啦的彩虹人生原來根本是誤會一場，我只是變成老媽子，得照顧一個長男的吃喝拉撒睡，跟彩虹人生差很遠。

那大王也以為他娶的是個正常成年女性，面對壓力能有應當具備的處事能力，所以當在下突然的崩潰大哭衝過去時……

不知大王是怎麼想的，大概是對自己二十四小時沉浸在電玩世界這件事情有點心虛吧？

一邊哽咽著說明不出來的同時，斜眼瞄到大王的反應是：

把搖桿推好遠後，還一轉冷血態度，誠惶誠恐噓寒問暖……（絕對是心虛）

難得溫柔的大王，在我好不容易停止哽咽，幽幽的吐出實情，欲換得一絲同情時：

為何大王會如此沒有同理心，無法了解什麼叫趕不完作業的壓力？原來是因為從小我們就是完全不同類型的小孩。大王從小就是成績優秀的頭腦思考型冷靜小學生，而在下是成績滿江紅就算了，國語課就忘記帶課本，美術課就一定忘記帶彩色筆，音樂課就絕對搞丟笛子，寒暑假作業本的日記還可以很天才的去抄同學的（當然馬上被發現）……，永遠是去前面排隊挫著等被打手心的尊爵級常客。

優等生　大王 | 放牛班　我

作業輕鬆搞定,
自在玩紅白機的
自我管理型小孩↓

回家書包丟一旁
先玩再說的
失控小孩↓

耶～

此篇結論再度證明了一樣米養百種人,有人可以一手搞定人生,另一手拿搖桿過關斬將,有人就是不見棺材不掉淚,永遠學不乖,先玩再說。（放暑假的瞬間,書包丟老遠～）

所以說,人生像一盒巧克力,你永遠不知道阿甘為何如此幸運,我就老是帶賽踩狗屎……

接接在日本第三集 再度感謝客官的熱情捧場♡

能換得客官的歡喜笑顏,在下再累都值得滴!

皆樣に感激♡

耶～趕完啦～

放牛吃草啦～

永遠學不乖…
(木碰端樂觀主義)

Colorful 29

接接在日本3

作　　者／接接 Jae Jae
選書責編／何宜珍
文字編輯／潘玉芳
協　　力／劉枚瑛、葉立芳、翁靜如
美術編輯／林家琪

版　　權／葉立芳、翁靜如
行銷業務／林彥伶、張倚禎、莊英傑
總 編 輯／何宜珍
總 經 理／彭之琬
發 行 人／何飛鵬
法律顧問／台英國際商務法律事務所　羅明通律師
出　　版／商周出版
　　　　　臺北市中山區民生東路二段141號9樓
　　　　　電話：(02) 2500-7008　傳真：(02) 2500-7759
　　　　　Blog/http：//bwp25007008.pexnet.net/blog
　　　　　E-mail：bwp.service@cite.com.tw
發　　行／英屬蓋曼群島商家庭傳媒股份有限公司城邦分公司
　　　　　臺北市中山區民生東路二段141號2樓
　　　　　讀者服務專線：0800-020-299　24小時傳真服務：(02)2517-0999
　　　　　讀者服務信箱E-mail：cs@cite.com.tw
劃撥帳號／19833503　戶名：英屬蓋曼群島商家庭傳媒股份有限公司城邦分公司
訂購服務／書虫股份有限公司客服專線：(02)2500-7718；2500-7719
　　　　　服務時間：週一至週五上午09:30-12:00；下午13:30-17:00
　　　　　24小時傳真專線：(02)2500-1990；2500-1991
　　　　　劃撥帳號：19863813　戶名：書虫股份有限公司
　　　　　E-mail：service@readingclub.com.tw
香港發行所／城邦(香港)出版集團有限公司
　　　　　　香港灣仔駱克道193號東超商業中心1樓
　　　　　　電話：(852) 2508 6231傳真：(852) 2578 9337
馬新發行所／城邦(馬新)出版集團
　　　　　　Cit (M) Sdn. Bhd. (458372U)
　　　　　　11, Jalan 30D/146, Desa Tasik, Sungai Besi,
　　　　　　57000 Kuala Lumpur, Malaysia.
　　　　　　電話：603-90563833　傳真：603-90562833
行政院新聞局北市業字第913號

封面設計／林家琪
印　　務／楊建孟　　　　　　　　　　　印　　刷／卡樂彩色製版印刷有限公司
總 經 銷／高見文化行銷股份有限公司
　　　　　客服專線：0800-055-365　電話：(02)2668-9005　傳真：(02)2668-9790

■2012年（民101）09月18日初版　定價290元　　　　　　　　Printed in Taiwan
　2016年（民105）05月06日初版17刷
ISBN 978-986-272-235-0　　　　　　　　　　　　　著作權所有，翻印必究

城邦讀書花園
www.cite.com.tw

國家圖書館出版品預行編目資料

接接在日本3/接接 著. --初版.--
－臺北市；商周出版：城邦分公司發行，2012.09　面；　公分. --（Colorful；29）
ISBN 978-986-272-235-0（平裝）
855　　　　　　　　　　　　　　　　　　　　　　　　　100014104

找找看解答看這邊

商周出版

廣　告　回　函
北區郵件管理登記證
北臺字第000791號
郵資已付，免貼郵票

104台北市民生東路二段141號9樓
城邦文化事業（股）有限公司

商周出版　收

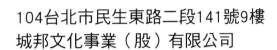

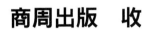

天涼好個秋～卡哇伊好禮大抽獎！

親愛的大家，看過來乙！
趕快詳填相關資料並於2012年11月16日前寄回，就有機會獲得
價值599元的「手工限量版接接櫻花手機包」粉紅款（共15名）
or「限定版接接櫻花磁鐵組」（共135名，2入一組，隨機出貨）乙！

活動時間：即日起至2012年11月16日止（郵戳為憑）

活動公布：得獎名單將於2012年11月23日公布於

　　　　　城邦讀書花園www.cite.com.tw，獎品將於11月30日寄出。

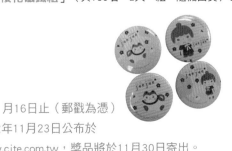

請沿此線剪下，往後對折寄回

活動專用讀者回函卡

親愛的讀者：非常感謝您購買《接接在日本3》，即日起只要填妥以下資料（傳真與影印無效），寄回本回函卡，就有機會獲得「**手工限量版接接櫻花手機包**」粉紅款（15名）or「**限定版接接櫻花磁鐵組**」（135名，2入一組，隨機出貨）！

姓名 _____

性別 □男　□女

生日 西元　　　月　　　日

地址 _____

聯絡電話　手機：　　　　　電話：(　)　　　　　傳真：(　)

E-maill _____

職業

□1.學生　□2.軍公教　□3.服務　□4.金融　□5.製造　□6.資訊　□7.傳播　□8.自由業

□9.農漁牧　□10.家管　□11.其他 _____

您從何種方式得知本書消息？

□1.書店　□2.網路　□3.報紙　4.□Facebook　□5.部落格　□6.廣播　□7.親友推薦　□8.其他

您通常以何種方式購書？

□1.書店　□2.網路　3.□傳真訂購　□4. 郵局劃撥　□5.其他 _____

最喜歡這本書的哪幾篇？

最喜歡：_____　原因：_____

第二喜歡：_____　原因：_____

第三喜歡：_____　原因：_____

你最喜歡日本的哪一個城市？喜歡的原因又是什麼呢？

_____

希望接接能在下一本新書中告訴你什麼？

_____